ハヤカワ文庫SF
〈SF2133〉

宇宙英雄ローダン・シリーズ〈549〉

石の使者

H・G・フランシス＆クルト・マール
嶋田洋一訳

早川書房
8012

PERRY RHODAN

BEGEGNUNG IN DER UNENDLICHKEIT

DER STEINERNE BOTE

by

H. G. Francis

Kurt Mahr

Translated by

Yooichi Shimada

First published 2017 in Japan by

HAYAKAWA PUBLISHING, INC.

This book is published in Japan by

arrangement with

PABEL-MOEWIG VERLAG GMBH

through JAPAN UNI AGENCY, INC., TOKYO.

目次

石の使者

無限での邂逅

H・G・フランシス

登場人物

イホ・トロト……………………………ハルト人
ギロッド…………………………………フィゴ人
カナスク…………………………………フィゴ人。化学者
ラウデルシャーク………………………サウパン人。科学者
ビヴァリー・フレデン
アンドレイ・ソコニク ……………………《バジス》乗員。ウェイデンバーン主義者
アウエルスポール………………………究極の存在

1

イホ・トロトは際限のない冷気を感じ、身震いした。

「どうした？」ゲルジョクのキルシュがたずねる。「ぐあいが悪いのか？」

岩棚にしがみついたハルト人がぼんやりした声で答える。

「これで輪が閉じた。この洞窟で、はじめてあの存在を見たのだ。いまでもまだ、あれはアウエルスポールだったと思っている。確証はないが」

「そいつはいま、どこにいるんだ？」と、ゲルジョク。

ハルト人は岩棚から飛びおりて脇によった。洞窟の内部が見通せるようになる。数カ月前、ブルーク・トーセンとここにきたことを思いだした。宇宙船で飛びこんだトンネルが袋小路だったのだ。出口を探しているうちに、この洞窟のなかにいた。そこでは不恰好な物体が回転していた。そのときは石でできていると思ったが、やがて間違いとわかった。

宇宙服に身をつつんだキルシュがからだを震わせる。苦しそうなうめき声も聞こえた。キルシュの状態はわかっている。

明るいブルーに輝くふたつの目が洞窟内に浮かぶ光景は、トロトの脳裏にも焼きついていた。トーセンはそれを見たとき、その場にくずおれそうになったもの。

ハルト人は強力な手で鳥型生命体をつかみ、奇妙な楕円体が視界に入らないよう、向きを変えさせる。

「あれはなんだ?」キルシュがたずねた。

「説明したとおり、ここにはアウエルスポールと思われるヒューマノイド存在がいた」と、ハルトの巨人。「その者はいなくなった。だが、その頭部にあった目玉だけがのこっている」

キルシュは振り向いた。

「驚いただけだ」と、弁解する。「ここにそんなものがあるとは思いもしなかった。もうだいじょうぶだ」

その息づかいはいつもより速く、かれが真実を語っていないことを露呈していた。トロトが〝目玉〟と呼ぶ物体からは、とてつもない力がはなたれている。恒星のエネルギーがすべてそのなかに詰まっていると思えるほどだ。

恒星？　いや……それではちいさすぎる。銀河数個ぶんのエネルギーだ。なぜ、もっと早く気づかなかったのだろう？

「ここをはなれよう。長居しても意味はない」と、キルシュ。

「いや、あの異存になにが起きたか確認できるまで、ここにとどまる」トロトは頑強だった。「すぐにはなれる理由はない」

ゲルジョクの声が甲高《かんだか》くなった。

「まだここにのこって、なにをするっていうんだ？　またあの目を見つめたいのか？　あれを見ると頭がおかしくなる」

「あわてるな。すぐによくなる。わたしのときも最初はひどかったが、いまはそうでもない。わからないか？」

キルシュは拒否するように両腕をあげた。

「いや、いや、なにもわからない！」

「説明しただろう」

「そんなものはべつの人生での話だ」

トロトはゲルジョクを洞窟から引っぱりだし、目玉から距離をとらせた。

「しっかりしろ。われわれの気が動転したら、おしまいだ」

キルシュはうなだれ、

「どのみちおしまいさ」と、いいかえした。「もう何週間もこの残骸のあいだをうろついているが、一歩も前進していないじゃないか。あらたな同盟者は見つからないし、制動物質の生成は阻止できないし、セト＝アポフィスの基地に損害もあたえられていない。クルウンの搭載艇はあるものの、クルウン二名の信頼は得られないままだ」

ごくりと唾《つば》をのむ。

「終わりが近いと感じるんだ、イホ・トロト」と、しわがれ声でつけくわえる。

「疲れているせいだ。回復するのを待て。そうすれば、すべてが違ったふうに見えてくる」

「あなたはわれわれゲルジョクのことをよく知らない。わたしの傍系は、生命の光が揺らぎはじめたのを見ることができる。もう長くは生きられないとわかるのだ」

ハルト人は動揺した。

同行者の言葉に現実的な裏づけがあるとは思っていない。かれ自身、数分前に死を覚悟したのはたしかだが。ただ、キルシュが危険な道を歩きはじめているのはわかった。そのはじまりは自己放棄だ。

「もう一度いう」トロトはおちついた声を心がけた。「われわれがここにいるのは、あの異存在がどうなったか知りたいからだ。あれはいなくなった。そのため、わたしがこの洞窟で遭遇したのが究極の存在アウエルスポールだったのか、それとも別物だったのか、はっきりしなくなっている。ただ、アウエルスポールが〝自転する虚無〟のなかに落下したとき、両目がついていたことはたしかだ」

「それはわたしも知っている」

「それなら、アウエルスポールが自転する虚無からもどってこられるといったのもおぼえているだろう。もどるのに必要なエネルギーを蓄積するには数週間かかる。さて……その数週間はもう経過した。究極の存在がいつもどってきても不思議はない」

「わたしにはどうにもできないことだ」

「しっかりしろ！」ハルト人が一喝《いっかつ》する。

キルシュは驚いてあとじさった。トロトがつづけていう。

「この数週間、アウエルスポールがふたたび出現したらどんな武器で対抗するか、ずっと考えてきた。ようやくその答えが出たのだ」

「目玉か？」と、キルシュ。

「洞窟にきた理由がやっとわかったようだな。目のように見えるあのエネルギー球体は、わたしの最後の希望だ。あれをアウエルスポールにぶつけられれば、打ち倒すことができるかもしれない」

キルシュはくちばしを閉じ、しゅうしゅうという音をたてた。トロトには意味がわからない。

「そうかんたんにあれを手にいれられると思っているのか？」

ゲルジョクはそう訊くと、トロトの横を通りすぎ、岩棚からブルーに光る物体を眺めた。

「もちろん、そんなことは思っていない。なにか方法を考えなくては」

「やってみればいいじゃないか」キルシュはそういって、驚いたことに、岩棚から跳びおりた。

「だめだ、もどれ！」と、トロト。

だが、手遅れだった。

ゲルジョクは正気を失ったかのように、両手両足で這い進んでブルーの光に近づき、いきなり加速して、まるでテレポーテーションしたかのように目玉に肉薄した。

ハルト人はかれをとめようとしたが、むだだった。

キルシュは信じられない速度でブルーに光る物体に接近したと思うと、突然くずおれ、消え失せた。

すべては一瞬の出来ごとだったが、トロトはなりゆきを仔細《しさい》に観察していた。ゲルジョクのからだののこりはばらばらになり、ブルーの楕円体にのみこまれた。楕円の大きさは変わらないままだ。

トロトは身動きできず、その場に立ちつくした。恐怖に硬直している。

こんなことになるとは考えもしなかった。

「キルシュ」小声でそういい、慎重に後退する。自分まで目玉に引きよせられるのを恐れたのだ。

思い浮かんだのは、自転する虚無のことだった。あれも物質に同じような影響をおよぼす。

自転する虚無とあの奇妙な楕円体とのあいだには、なにか関係があるのか？

充分にはなれたと思い、岩棚の前で足をとめる。徐々におちつきをとりもどすと、思考が明瞭になった。

最初に考えたことが、これで裏づけられたのでは？　あのブルーの目玉が危険な武器になると証明されたのではないか？

究極の存在アウエルスポールのことを考える。あれが自分をまた襲ってくるかもしれない。

「なにがあったんだ？」聞き慣れた声がたずねた。

トロトが振り向くと、フィゴ人のギロッドが開口部のひとつから浮遊して近づいてきていた。

「叫び声が聞こえたが」

「キルシュだ」と、ハルト人。「かれは死んだ。ふたつのブルーの物体にのみこまれたのだ」

ことの次第を説明し、自分の見解について述べる。

「気の毒に」フィゴ人が動揺した声でいう。そこには驚くほどの感情がこめられていた。

「キルシュは好きだった。勇敢で、賢明なやつだった。さびしくなるな。こちらの数はますますすくなくなり、状況はますます悪くなっていく。われわれ、あのクルウン二名に対して、いつまで耐えられるかわからない。かれらとは決別したほうがいいような気もする」

トロトにはフィゴ人のいいたいことがわかった。

両クルウンを殺せといっているのだ。

「論外だ」トロトは拒絶した。

「ほかに方法はないだろう、イホ。かれらはなにかたくらんでいるようだ。われわれと行動をともにしてきた数週間、じっとがまんしてチャンスを待っていた。われわれに対抗して、なにかことを起こそうと」

「そうかもしれない」そう答えたハルト人は、またしても死の予感をおぼえた。この数週間の経験がなにも跡をのこしていないわけではない。つづけざまの失敗で、トロト自身も意気を殺《そ》がれていたし、ともに戦う者たちにもよくないことだとわかっていた。かれらはセト＝アポフィスとの戦いにおける戦果を必要としている。とにかくポジティヴに思える体験があれば、立ちなおれるはずなのだ。だが、両クルウンを殺すことで、それが達成できるのだろうか？

「考えてみよう。またあとで」と、時間稼ぎをする。

「ほかに手がないことはすぐにわかるだろう」と、ギロッド。「クルウンは排除しなくてはならない。あの二名がいまだに通信に成功せず、友軍と連絡がつかないというのは、まるで奇蹟だ。忘れてはいないだろうな。かれら、あなたが聖遺物を自転する虚無に投げこんだとして、責任を問うているのだぞ」

「わかっている。話はこれまでだ。またあとで」

もう一名のフィゴ人、ボルカイスが滑空してきて、トロトはかれにも事情を説明した。ボルカイスは興味をしめさず、簡潔に遺憾の意を表明しただけだった。そのあと、かれは勢いこんで話しだした。

「基地をひとつ発見したぞ。ほんとうだ。信じられないことだが、ずっとすぐそばにあったのに、これまで見えていなかった。きてくれ」

かれはトロトとギロッドの先に立って複雑な洞窟のなかを進み、かつてラウデルシャークの基地が建っていた物質片のあいだの通廊を抜けていった。トロトは自分の宇宙船で壁に穴をあけた場所をふたたび見つめる。その後しばらくして、ボルカイスが誇らしげに大きな洞窟をさししめした。その奥にセト＝アポフィスの一補助種族が建設した基地の、三つのドームが見える。ドームは洞窟の天井に設置されたいくつかの発光体で照明されていた。

「まだドーム内には入っていない。だから、なかにだれがいるのかはわからない」ボルカイスはそういうと、「勝手な行動はしたくなかったから」

「それでいい。慎重にならなくては」と、ハルト人。

「どこにいる？」セト＝アポフィスに叛逆した三名のヘルメット・スピーカーから、ジャウクのジャロカンの声が響いた。「どこか近くにいるにちがいないが」

ボルカイスがジャウクに応答し、目印になるものを教える。数分後、ジャロカンのずんぐりした姿があらわれた。

「エチンラグが賢明なところを見せて、クルウンと搭載艇内にいてくれるといいんだが」と、ギロッド。「さもないと……われわれはおしまいだ」

「あのサウパン人はリスクを冒さないだろう」と、トロト。「これまでも信頼できた」

「そのとおりだ」と、ボルカイス。

トロトは三つのドームのひとつに近づいた。不安そうに周囲を見まわす。さまざまなシュプールが建造物に向かって、また建造物のほうからものびている。多様な生命体と多数のマシンが行き来していたようだ。ただ、それがいつのことだったのかはわからない。

赤外線を探知できるハルト人は、一ハッチに熱の痕跡を見いだした。何者か、あるいは何物かが、最近そのハッチを使用したと判断する。

軽く腕を動かして同行者を脇によけさせ、細胞構造を転換して、肉体を超硬質に変化させる。

ハッチに近づくと、不可視の放射の範囲内に入ったらしく、扉が開いた。トロトは単身でなかに進んだ。ジャロカン、ボルカイス、ギロッドは外で待機する。トロトは二分ほどでもどってきた。

「入ってもだいじょうぶだ。だれもいない」

三名は好奇心もあらわに、ハルト人のあとにしたがった。トロトはヘルメットを開いて折りたたんだ。

「なにもかも無傷のようだ」そういって、深呼吸する。

両フィゴ人とジャウクもヘルメットを開き、酸素の備蓄を節約する。いずれ物資不足が問題になることはわかっていた。酸素の供給もだ。クルウンの搭載艇にも酸素の備蓄が無限にあるわけではない。物資の補給は基地でないと不可能だが、トロトたちはすでに数週間、基地に立ちよる機会を得られていなかった。その意味では、この基地は天の恵みのようなものだ。

一行は数台の奇妙なマシンがならんだホールに出た。複数の通廊がドーム内のべつの区画に向かってのびている。ドームは底面の直径が二キロメートルほどあった。

ギロッドが一マシンに近づき、ざっと調べる。

「たぶん、かつて制動物質を生産していた設備だろう。ただ、もう長らく使われていないようだ」

「では、ドーム内にはだれもいないと考えていいな」と、トロト。

「だとしたら幸運だ」ボルカイスが笑いながらいう。「装備をととのえて次の基地を襲う前に、多少は休息できる。本格的な攻撃に使える、有効な武器も見つかるかもしれない。あるいは、制動物質の生成を阻止できるようなマシンとか」

「空想はほどほどにしておけ」と、ギロッド。

ジャロカンは分岐する一通廊に駆けより、奥をのぞいた。

「だれか倒れているぞ。あそこだ。容器の陰に」

トロトも通廊をのぞく。ジャロカンのいうとおり、金属容器の陰からゲルジョクの細い脚が突きだしていた。

「死体だ」そういって、ふたたびヘルメットを閉じる。「慎重になったほうがいい」

かれ自身は感染を心配する必要がなかった。危険な微生物も、ハルト人の特異な代謝によって変異させてしまうから。さらに細胞活性装置があるので、疫病の犠牲になる不安もない。

とはいえ、仲間たちには危険を実感しておいてもらいたかった。この数週間、自分のこと、ハルト人やテラナーという種族のことはいろいろ説明してきたが、すべてを話し終えたわけではない。自分が不死であることはまだ伝えていなかった。

ギロッドとボルカイスとジャロカンは驚いてヘルメットを閉じた。その瞬間まで、疫病がこの基地の人員を一掃した可能性を考えていなかったのだ。

「あらゆる地獄の精霊にかけて」と、ギロッド。「病気に感染するのは願いさげだ。手遅れになる前に脱出しよう。それとも、あのゲルジョクは病気で死んだわけじゃないのか？」

「まず、ここでほんとうはなにがあったのかを知りたい」トロトがいった。

どすどすと死体に近づく。埃《ほこり》が舞いあがり、ハルト人の重みで床が震動した。

「どうだ？」ハルト人が容器の前まで行くと、ジャロカンがたずねた。「なぜなにもいわない？」

「このゲルジョクの死因は病気ではない」と、トロト。「きてみろ」

かれは死体を見おろしていた。胸には弾丸を撃ちこまれた痕がある。

「死んでからまだ時間はたっていないな」ボルカイスが指摘した。

「つまり、この基地は無人ではないわけか。ぬかよろこびだったな」ギロッドががっかりしたようにいう。「もどるか？」

「いや、あたりを見てまわる」と、ハルト人。「このゲルジョクもわれわれ同様、たまたまこの基地を発見したのかもしれない。すでに無人で、侵入者を排除する戦闘ロボットがいるだけ、という可能性もある」

「そのロボットに対処しなくちゃならないわけか」ボルカイスが暗い声でいう。

「まさしく」トロトは前進を再開した。

その後の数分で、一行はいくつもの部屋をのぞいていった。どこも腐朽していて、すくなくとも基地のこの区画は長年使用されていないようだ。

かれらがいまいる区画は明るく照明されていた。コンピュータ制御の監視システムが明かりを提供しており、投光器を使う必要がないほど。だが、光のとどく範囲がかぎられているため、それではかならずしも充分ではなかった。あらたな通路に入ると前後二十五メートルくらいは明るく見わたせるものの、その先は闇のなかに沈んでいる。

ボルカイスが悪態をついた。

「ぞっとするな。いつ闇のなかから襲われるかわからないって気がする」

その言葉が終わるか終わらないかのうちに、前方の、次の範囲が明るくなった。

一行は足をとめた。通廊の先にまた一ゲルジョクの死体が見えたのだ。

「あれは死んでから数日どころか、数年はたっているな」と、ジャロカン。「干からびて、ほとんどミイラだ」

こんどもトロトが単独で先行した。死体のそばに膝をつく。ジャロカンのいったとおり、ゲルジョクはミイラ化していた。それでも胸と脇腹の銃創ははっきりとわかる。死体は片手にブラスターを握っていたが、死ぬ前に発射できた形跡はなかった。

「いきなり襲われたんだろう」いつのまにか近づいていたギロッドがいう。

「不意をつかれたようだな」トロトは立ちあがった。「注意して進もう」

五十メートルも進まないうちに、さらにふたつの死体が見つかった。どちらもゲルジョクで、やはり射殺されている。ミイラ化しているのも同じだが、身につけているコンビネーションは前の死体よりも古いものに見えた。

「同じ目にあいたくなかったら、なにが起きたのかはっきりさせる必要がある」と、ハルト人。「ばらばらにならないようにするのだ。死体もそうだが、それよりも基地内に物資があるかどうかが気にかかる」

かれの期待は裏切られなかった。自由に使える多数のマシンと物資が見つかったのだ。エネルギーの備蓄も充分にあるらしい。

ここで装備をととのえ、要員がいる無傷の基地を攻撃しよう。トロトはそう考えた。成果があがってこそ、あらたな同志も迎えられるというもの。

利用できるマシンや物資を探していると、さらに多くの死体が見つかった。いずれも弾丸で殺されていて、ほとんどがゲルジョクだった。

ある部屋では巨大な水のタンクが見つかった。ジャロカンはためらうことなく、クルウンの艇で手にいれた武器を置き、水のなかに飛びこんだ。

「安心して進めるな」何度かタンクの底までもぐったあと、ほかの者たちに声をかける。「すべて異状なしだ」

トロトは部屋の中央にあるタンクの前の、高さ二メートル、長さ三メートルの金属壁にそって歩き、入ってきた戸口の前にもどった。隣接する部屋もすべて慎重に調べる。

「ほんとうに異状はなさそうだな。だが、とにかく水から出てくるんだ」

「せめてあと十分」と、ジャロカンは大声で懇願した。「どれだけ耐えてきたと思うんだ？　この数週間、たまに肌を湿らせるくらいしかできなかった。この水浴びは、まさに必要不可欠なものなんだ。先に行ってくれ。自分の面倒は自分で見られる」

ギロッドとボルカイスも近くの部屋を調べはじめた。やがてトロトもふくめた三名は、十二台の反重力装置が置いてあるホールに出た。まだ金属ケースに梱包されたままのもある。これこそトロトがもとめていたものだ。

「これを使ってブルーの目玉を洞窟から持ちだし、武器として使えるかどうかたしかめられそうだ」

そのとたん、トロトはひるんだ。

ジャロカンのいる部屋に通じる通廊が、急に暗くなったのだ。

「なにか起きているぞ」そう叫んで、問題の通廊へと走る。到達する寸前、前方に閃光が見えた。

「ジャロカン、どうした？」ギロッドが叫ぶ。

かれもハルト人のあとから急行する。ボルカイスはしびれたように、その場にとどまっていた。

2

「野生の蘭なの」ビヴァリー・フレデンが目を輝かせていった。「〝レディーズ・スリッパ〟とも呼ばれるシプリペディウム・カルケオルス。アツモリソウ亜科の花よ」

「わたしには意味のない情報だな」と、アンドレイ・ソコニク。「まさか《バジス》に花を栽培している人間がいるとは思わなかった。きみは生物学者なのか？」

「いいえ。コンピュータ技師で、情報心理学者。情報の心理学的意味とその関連性が研究テーマよ」

「なかなかすごい話に聞こえるな」

「そんなことないわ」フレデンは両手をこぶしにして左右の腰に当てた。「あなたは数学者だそうね。情報心理学がどういうものか、すぐに理解できると思うけど」

ソコニクは笑った。大柄で運動好きのよく鍛えられた男で、がっしりした体格だ。髪は黒い巻き毛。引きしまった鋭角的な顔には多数のしわが刻まれ、大きな鼻と、澄んだ褐色の目をしている。

声がすこし大きすぎるけど……と、ビヴァリーは思った。その声からは、いっしょに仕事をした者たちから高く評価される実直な人柄が感じられた。女性の同僚のひとりがビヴァリーにいうには、ソコニクは寡黙で、目立つことがないそうだ。

「ハミラー代数学の熱心な信奉者だそうよ」と、その同僚は話していた。「一対一でハミラー・チューブと交信するのが夢だと聞いたわ」

「そのとおりだ」これはビヴァリーの言葉に対するコメントだ。ソコニクは花を指さし、「だが、このほうが心理学よりもずっと興味深いな。宇宙的な純粋さがあるという印象を受ける」

ビヴァリーは驚いて顔をあげた。思わず右目の上の傷痕を指でなぞる。

「なんとも詩的な表現ね」と、からかうようにいう。「わたしがロマンティックな精神の持ち主に見えた？　だったら、期待しないで。地球に結婚契約をした男性がいて、裏切るつもりはないから。おわかりいただけた？」

かれは微笑した。

「きみを口説くつもりはなかったよ。これは正直な話だ。この花はほんとうに、純粋さのシンボルに見える」

「野生植物よ」

「だったらなおさらだ」

「地球ではほぼ絶滅してる」

「やはりわたしの思ったとおりだ。人類はみずからを放棄してしまった。もはや自分自身に目を向けず、遠い宇宙にばかり思いを馳せている。人類は最高の霊的純粋さを見いだせる孤立をもとめず、ほかの世界を、さらに遠くを宇宙にもとめている。本来の運命を忘れてしまったのだ」

「なかなかすごい話に聞こえるわ」彼女はさっきソコニクがいった言葉をくりかえした。皮肉をきかせたつもりだが、あまりそんなふうには聞こえなかった。

「そうじゃないさ。ただの真実だ」

「真実について、なにを知っているの？」

「ひとつしかない、ということを。それは宇宙空間に存在する」

ビヴァリーは驚いたようにかぶりを振り、スツールに腰をおろした。

「ますますびっくりだわ。わたし、《バジス》をスタートして瓦礫《がれき》フィールドに遠征する人々の輪に、たぶん確実にくわわることになると知ったとき、あなたのような人とペアになるとは思っていなかった」

ビヴァリーはおちつかなくなった。ソコニクがなにをいいたいのか、うすうす感じてはいたが、まだ自分をさらけだす気にはなれない。

彼女は波打つライト・ブロンドの髪をごく短く切っていた。やや粗野な顔立ちだが、そこには高い知性が感じられる。

「わたしたち、飛行を許可されると思う？」と、考える時間を稼ぐためにたずねる。

「そうなったら歓迎する。長らく探していたなにかが見つかるという予感があるんだ」

「真実が？」

「可能性はある。おそらくスタックが見つかるだろう。それは宇宙の一角にあり、そこに行けば、人間のような生命体は自然にべつの形態をとり、自分自身を理解できるようになるんだ」

ソコニクはしずかに笑みを浮かべた。そこにはわずかな疑念のシュプールさえ見当たらなかった。ビヴァリーは、かれがすべてをつつみこむ安らぎに満たされているという印象を持った。

「スタックですって！」彼女は息をのんだ。「あなたも信じているの？」

ソコニクはうなずいた。

「それが瓦礫フィールドで見つかると思うのね？」

「そう確信している」

「それなのに、そんなにおちついているわけ？」ビヴァリーは立ちあがり、キャビンのなかを歩きまわりはじめた。

「それだからこそ、だ」

彼女は足をとめた。息が切れたのだ。

「ええ、そのとおりね」

ソコニクはドアに向かった。

「一時間以内に結論が出る。われわれ、スペース＝ジェットで飛行することになるだろう」

そういって、彼女の住居兼仕事場をあとにする。ビヴァリーはドアの前に立ったまま、しばらく床を見つめていた。《バジス》をスタートする搭載艇の乗員に選ばれたと連絡があったときは、よろこんだもの。そういう変化は大歓迎だった。遠征に出れば、退屈な船内生活の日常から解放されるから。

だが、スタックのことまでは考えていなかった。

いまはそれを考えている。スタックのことを強く思えば思うほど、宇宙空間でそれを見つけだしたいという思いも強くなった。

＊

イホ・トロトたちがいる謎めいた施設からそう遠くないところに、サウパン人のラウデルシャークが責任者をつとめる基地があった。そこでは精力的に作業がおこなわれている。ラウデルシャークはここ数週間、あらゆる種類の妨害を排除し、叛逆者たちの攻撃をしりぞけてきたのだ。基地はきわめて確実に、効率的に稼働していた。

ラウデルシャークはときおりインターカムで、基地内のサウパン人、ゲルジョク、ジャウク、フィゴ人に向かって要求を伝える。この日は特別の満足感が表明されることになった。

「われわれが託された偉大な使命はまもなく完了するだろう」その声は基地内のすべてのインターカムから流れた。「調査の結果、われわれの基地は全フロストルービン宙域でもっとも成果をあげたことが明らかになった」

フィゴ人のカナスクはからだの向きを変え、作業デスクの前にすわって、なにかの分析にとりかかった。かれは化学者で、基地の生産要員ではなく、調査要員だ。

「黙れ。あんたの声はもう聞きたくない」と、憎々しげにつぶやく。

かれはインターカムを切っておかなかったことを後悔した。それでもラウデルシャークの言葉は流れてきただろうが。ラボから出ていってもむだだった。インターカムはこの基地のどの部屋にもあり、サウパン人の声から逃れることはできない。

カナスクは老人だった。もう何年も生きられないことはわかっている。死ぬまでに、なんとしても愛する故郷惑星に帰りたかった。

だが、もう帰れないこともわかっている。ラウデルシャーク本人からいいわたされたのだ。

「きみがここ、フロストルービンの辺縁部にきたのは、ここで死ぬためだ。帰郷はない。そもそも、故郷になんの意味がある？　セト＝アポフィスのために犠牲になるなら本望だろう？」と。

サウパン人の言葉はカナスクの心を深くえぐり、その憎しみを加速させた。

やがてこうなるとわかっていれば、あのときハルト人の仲間になっていたのに。イホ・トロトはセト＝アポフィスとの戦いの道を選び、かなりの戦果をあげていた。ただ気がかりなのは、ここ数週間、なんの噂も聞こえてこないことだ。

カナスクにとり、トロトに合流し、力でおのれをとらえている超越知性体に反抗するのは、もう手遅れかもしれなかった。

数年後に死ぬのと、数日後に死ぬのと、なんの違いがある？　化学者は酸を容器に注《そそ》ぎながらそう考えた。わたしはほかの者たちほどセト＝アポフィスに隷属していない。精神は自由なままだ。メンタル・ショックを受けたときも、うろたえはしなかった。それでもセト＝アポフィスはわたしの自由を奪い、わたしにとって大切なものをことごとくとりあげた。

戦おう。イホ・トロトのように。

幽鬼じみた存在がすぐそばに出現し、作業中のテーブルのまんなかに浮遊していく。カナスクは気にもとめなかった。とっくに慣れていたから。この存在はときどきあらわれるのだが、どこからくるのか、なんなのか、だれにもわからないのだ。

フィゴ人は筒状容器の蓋を閉め、目の高さにかかげた。

冷却物質を主通信経路に流すのがかれの仕事だ。何百回とやってきた作業だが、きょうは内容が違う。阻害要因の酸を流しこむことで、基地の物質転換能力を今後数週間、二十パーセントまで低下させようというのだ。

カナスクは頭部のふたつの有柄眼をいっぱいに伸ばし、インターカム上のラウデルシャークの映像に、ばかにするような笑みを向けた。

「数日もすれば、能力低下の原因は判明するだろう。だが、わたしがやったと証明することはできない」と、声に出す。

ラボを出て、巨大な原子炉が稼働しているホールに移動。太いパイプが何本も部屋を横断している。なかを通っているのは、中断なき情報通信に不可欠の光ファイバーだ。

フィゴ人は背伸びして、周囲を見まわした。

自分のほかにはだれもいないようだ。すばやくパイプの点検口を開き、酸の容器をなかに突っこむ。

突然、肩をたたかれた。

驚いて振りかえる。

ジャウクが立っていた。頭のてっぺんの感覚器がはげしく揺れている。

「その容器を検査する」と、両生類生物。

「なんのために？」カナスクはたずねた。「いままでそんなことはなかった」

「きょうは調べる」

カナスクは冷たい手で心臓をつかまれたような気がした。目の前にいるジャウクは、このホール全体の責任者だ。調査のために容器を持ち去る権限がある。きょう、なにか異常が起きると知っていたのだろうか？

ありえない！　自分の工作が露見しているはずはなかった。

ジャウクは片手を伸ばした。その手が柔らかく、カナスクのグリーンのからだを押しやる。

「ほしいなら奪いとるがいい」カナスクが不機嫌にいいかえす。「わたしはあんたの奴隷じゃない」

「やはりわたしの感覚は正しかったようだ」と、ジャウク。「ここにはなにか異状がある」

かれはパイプの点検口を開け、容器をとりだした。その瞬間、カナスクは敗北を悟った。だが、あきらめるつもりはない。

ちいさなグリーンのこぶしが電光のようにすばやく、ジャウクの頭部のふくらみを一撃した。そこには両生類生物の感覚器官と神経中枢が集まっている。

ホール責任者は瞬時にくずおれた。かがみこんでそのからだを調べたカナスクは、相手が死んでいるのを知って衝撃を受けた。

「こんなことは望まなかった。わたしはただ……」

目眩《めまい》をおぼえ、かぶりを振る。なにを望んでいたのか、自分でもわからなかった。ただ防衛本能のままにこぶしを振るったのだ。

だが、その一撃ですべてが変わってしまった。パニックが湧きあがる。

かれは死体をロッカーに運び、なかにかくした。

あとでどこかべつの場所に運ばなくてはならないだろう。

ロッカーの扉を閉めるのとほとんど同時にハッチが開き、ゲルジョクが入ってきた。カナスクは驚いて、ジャウクを殺した場所に目を向けた。わずかだが、床に血が飛び散っている。

だが、鳥型生命体は気づかなかった。

「作業は終わったか?」ゲルジョクがたずねる。

「もちろん」カナスクは苦労して答えた。まともに息ができず、声はしわがれて、内心の不安があらわれている。だが、ゲルジョクはなにも気づかなかった。

「いっしょにこい」と、命令する。「分析してもらいたいものがある」

カナスクはもうすこしホールにのこって、血痕を始末したかった。懸命に口実を考える。だが、ゲルジョクはかれに口を開く隙をあたえず、ハッチを開けて待っていた。万事休すだ、と、かれは思った。もうできることはない。それでも、ひとつだけ望みがあった。工作は成果をあげるだろう。ラウデルシャークに、もはや安息はない。最期まで戦って、かれが反抗したことを思い知らせてやるのだ。殺されるならそれでもいい。すくなくとも、なにかをやり遂げることはできたのだから。

かれはゲルジョクのあとにしたがい、ホールから出ていった。

＊

イホ・トロトは通廊を突進した。自動的に照明が点灯する。その瞬間、明かりが消えた理由がわかった。

死体に明かりは必要ない！

ジャロカンをのこしてきた部屋に突入すると、最悪の予想が当たっていたことが判明した。

ジャウクが水のタンクの底に沈んでいたのだ。

「死んでいる」ギロッドとボルカイスが入ってくると、ハルト人はいった。「何者かに撃たれたのだ」

「まだ、まにあうかもしれない」と、ギロッド。「わたしがもぐって、引きあげる」

「銃創を見てみろ」ボルカイスが指摘した。

「生きているはずがない」

「そのとおりだ」と、ハルト人。「だが、このままにもしておけない」

「わたしが引きあげる」ギロッドがあらためていった。宇宙服を開き、脱ごうとする。

「必要ない」トロトはすこし腕を引き、タンクの透明な外殻にこぶしをたたきつけた。水が噴きだし、部屋じゅうにあふれる。ギロッドとボルカイスは通廊に避難したが、ハルト人は平然としていた。

水が流れきってしまうと、かれはタンクのなかに入り、ジャロカンを両フィゴ人のところまで運んでいった。

「死んでいる。だれにもどうにもできない」

「死体をどうする？」と、ギロッド。「そこらにほうっておくわけにもいかないだろう」

「ホールにあるケースのひとつに埋葬しよう」トロトが答えた。「行くぞ」

ギロッドは歩きだしたが、ボルカイスは動かずにいった。

「シュプールを探したほうがいいんじゃないか？　そうしないのは危険な、不作為の罪だと思うが」

「もう探した」と、トロト。「なにも見つからなかった」

「そんな場面は見ていないぞ」ボルカイスはかっとなった。「あなたはわれわれと同じように、立っていただけじゃないか」

「わたしに赤外線視力があるのを忘れていないか」トロトが低い声で答える。「シュプールがないか調べた。なんらかの痕跡があれば、発見できたはず」

「ロボットなら熱シュプールはのこらないだろう」

「そんなことはない。たとえロボットでも、熱シュプールはかならずのこる」

トロトはそういって、はっとなり、

「ただし、反重力フィールドで浮遊して、内部機関を絶縁体でおおっていたら話はべつだ」

ホールにもどり、からにした金属ケースのなかにジャロカンの死体をおさめる。トロトは短く別離の言葉を口にした。両フィゴ人が死後の生を信じているのを知っていたから。

「また会おう、ジャロカン」そういって締めくくる。

二分ほど瞑目したあと、ギロッドがいった。

「だれかがジャロカンと同じ部屋にいたはずだ。何者か、あるいは何物かが、タンクから出ようとしていたジャロカンを撃ったんだから。タンクの外殻に傷はなかった。水から出たところを撃たれたということ。そのあと、照明が消えた」

「だったら、犯人はロボットだ！　そうとしか考えられない」と、ボルカイス。

「たしかに」トロトが驚いたようにいった。なぜそこに思いいたらなかったのか。「ジャロカンが死んで、照明が消えた。犯人が生命体なら明かりは消えないはず。ロボットなら、明かりは必要ない」

「音もなく移動して、気づかれずに標的を射殺するロボットか」ボルカイスはモニター壁の前に置かれたスツールに腰をおろした。「不気味だな。どう対処すればいい？」

手を伸ばし、モニターのボタンをいくつか押す。

「施設内を系統的に捜索して、明らかに狂っているロボットを発見しなくてはならない」と、トロトが主張した。

「とんでもない」ギロッドが反論する。「このドームにとどまって、無用なリスクは避けるべきだ。ぜったいに、ばらばらになってはだめだ」

そのとき、かれは驚いて有柄眼を伸ばし、スクリーンを見た。ゲルジョクの宇宙船が一隻、うつっている。箱形の戦闘ロボットの群れと重武装のゲルジョクの一団が、ドームのメイン・ハッチに殺到してきていた。

3

アンドレイ・ソコニクはスペース＝ジェットの透明キャノピーごしに前方を見た。同型の搭載艇が四機、《バジス》からスタートするためにならんでいる。

「まだすこし時間があるわ」ビヴァリー・フレデンがいった。彼女はスペース＝ジェットに乗りこめという命令をインターカムで受領したとき、しずかな笑みを浮かべただけだった。

ソコニクが思ったとおりだ。

「船外に出たらどうするの？」ビヴァリーがたずねる。

「待機だ」ソコニクはそう答え、搭載艇を数メートル前進させた。

ビヴァリーは了解した。

いまの段階では、まだ話さないほうがいい。ちょっとしたひと言で、遠征参加をとりけされてしまうかもしれない。

シートのクッションにからだをあずけた直後、スペース＝ジェットがスタートし、周囲は宇宙の闇につつまれた。それまで彼女は、ここ数日で耳にするようになった〝瓦礫フィールド〟がなにをさしているのか、まったくわかっていなかった。身を乗りだし、闇の奥を見通そうとする。だが、うまくいかなかった。艇内の装置を利用しないと、どっちを向いているのかもわからない。

《バジス》はたちまち後方に遠ざかり、スペース＝ジェットは瓦礫フィールドに突入した。見通しのきかない、さまざまな大きさの物質片の海で、従来の航法はまったく役にたたなくなる。

ソコニクはときおり《バジス》と短く交信し、すべて計画どおりに進んでいるかのような態度だった。

一時間ほどが過ぎた。

スペース＝ジェットは《バジス》からさらにはなれ、もう近くにべつの搭載艇の姿も見当たらない。

ソコニクは制御パネルを開き、通信装置の一モジュールをゆるめた。

「ちょっとした異状を発見。試験信号の送信をもとめます」

「試験信号を送る」と、《バジス》。

航法士のソコニクは笑みを浮かべ、横にいるビヴァリーを見た。その目がきらりと光る。

かれの前のモニター画面にグリーンの線があらわれ、いきなり上下に大きく動いた。

「故障個所を特定しました」と、ソコニクが報告する。「修理に多少の時間がかかるので、修理完了後にまた連絡します。以上」

ゆるめたモジュールをもとにもどして通信装置のスイッチを切ると、安堵のため息をついてシートの背にもたれかかる。

「よし、ビヴァリー、離脱するぞ」

「どこに行くの？」

「わたしが知るはずがあるか？　探さないと」

彼女は情熱に頬を紅潮させた。

「そのとおりね。スタックがそんなにかんたんに見つかるはずがないもの。発見できると思う？」

「もちろんだ、ビヴァリー！　そう思っていなければ、スタートなどしていない。スタックはここにある。感じるんだ。きみは自分の存在形態が変わることを残念に思うか？」

彼女は冗談でも耳にしたかのように、ちいさな笑い声をあげた。

「どうしてそんなことを訊くの、アンドレイ？　スタックはわたしたちが信じるとおりのものよ。新しい存在のかたちに、できるだけ早く変化できたらいいと思うわ」

「地球にいる夫のことは考えないのか?」

「それは考えるわ」真剣な口調だった。「ほとんどいつもね。別れを告げるつもりだけど、すぐにまた会えることはわかっている。いずれあの人もスタックにきて、わたしたちはもっとべつの、高次の存在として再会できるんだから」

「そのとおりだ」ソコニクは笑った。「わたしの趣味のことは話したんだったかな?」

「いいえ。あなたに趣味があることさえ知らなかった」

「絵を描くんだ。新しい存在形態になってもそうした精神的な活動があるのかどうか、気になっている。それについて、エリック・ウェイデンバーンはなにかいっていなかったか?」

「知らないわ。でも、それはあって当然だと思う。高次の存在に精神的な活動がないってことはないでしょう。わたしがなにを考えているかわかる?」

「さっぱりだ」

「いいから当ててみて」

「ああ……わかったぞ。きみは高次の存在となっても……いまと同じように……愛する植物たちと関係が結べるのか、と、考えているんだろう」

「そのとおり。わたしにとってはそれが最大の関心事よ。もしも……」

彼女は途中で言葉を切った。突然、目の前が陽光に照らされたように明るくなったのだ。一条の熱線がスペース＝ジェットをかすめ、うしろにあった物質片に命中した。数秒間、瓦礫フィールドが明るく照らしだされる。

ソコニクとビヴァリーは瓦礫のあいだに出現した巨大宇宙船に目を向けた。ふたりがまだ攻撃に反応できずにいるうちに、物質片が見えない手で押されたように移動し、宇宙船は姿を消した。

「逃げないと。次ははずさないぞ」

物質片のあいだに隙間が生じた。ほんの数メートルの幅で、長さは百メートルほど、持続時間もわずか数秒だったが、見知らぬ巨大船の火器管制員にとってはそれで充分だったらしい。

熱線がふたたびソコニクとビヴァリーを襲う。こんどはスペース＝ジェットに命中。搭載艇はビームの衝撃で横向きに吹っ飛ばされ、一物質片に衝突した。

まだスタックのことを考え、幸福に満ちた存在形態に進化することを夢みていたビヴァリーは、炎の海に投げこまれ、轟音《ごうおん》の渦巻く地獄で引き裂かれているように感じた。スペース＝ジェットはくりかえし衝撃に襲われ、徹底的に打ちのめされたようだった。

＊

カナスクはいらいらしながら、自分が分析することになっているグリーンの液体が入ったフラスコを受けとった。

「どうした？　いやにぴりぴりしているな」ゲルジョクが声をかける。

「やることが多くてね」と、カナスクは答えた。

幻のような存在がすぐそばに出現し、一瞬、かれの肩に手を置くかに見えた。化学者はあわてて脇によけた。

「気にさわるのか？」ゲルジョクが驚いてたずねる。

「これだけじゃない」カナスクは無愛想に答えた。「きょうはなにもかもうまくいかなくて。そんな日を経験したことはないか？」

「いや、もちろんある」

フィゴ人は別れの挨拶を口にして、足早にその場から立ち去った。心拍数がはねあがっている。かれはまだ血痕がのこるホールに急いで引き返した。自分は生まれながらの叛逆者ではないらしいと思い知る。

空想のなかではもっとずっとかんたんに、なんなく敵を倒せたのだが。実際には、あのジャウクをかたづけたせいで窮地におちいっている。だが、あのときはああするしかなかった。

破壊工作が露見したらラウデルシャークに殺される。そう自分にいいきかせて不安をはねのけようとしたが、ジャウクの死を正当化することはどうしてもできなかった。

やってしまったことはどうにもならない。原子炉のあるホールに着いたときには、そんな気分になっていた。もうあともどりはできない。だが、これからは気をつけよう。他者の生命は尊重しなくてはならない。

床の血痕にはまだだれも気づいていないようだった。

清掃ロボットを呼び、床を掃除させる。

マシンが作業を開始した直後、メイン・ハッチが開いて、ラウデルシャークが三名のゲルジョク、二名のジャウク、一サウパン人を引き連れて入ってきた。

「……〝ネット〟を配備しよう」と、基地の責任者が話している。メタリックに輝く防護服につけられた色とりどりの記章で、ラウデルシャークであることはすぐにわかった。「これは決定的な一撃になる。最終成果にさらに近づけるだろう」

一行は化学者とロボットを一顧だにしなかった。

カナスクは電撃のようなショックをおぼえた。ネット！ その単語が脳を直撃する。破壊工作の標的に、これ以上のものはない。ラウデルシャークはネットでとりわけ大きな成果があげられるといっていた。それが破壊されたら、受ける打撃もそれだけ大きいはず。

ロボットが音もなく姿を消した。

カナスクはジャウクの死体を処理することも忘れ、急いで自分のラボにもどった。ポジトロニクスのスイッチを入れ、一連のデータを呼びだす。

ネットの配備を妨害する方法はひとつしかない。コンピュータ通信システムに直接、侵入するのだ。

*

「脱出しないと。やつらが突入してきて、われわれ、殺されてしまう」ボルカイスがいった。

モニターの画面にはメイン・ハッチに殺到するゲルジョクとロボットの群れがうつっている。

「どうやってか、われわれのシュプールを察知したのだろう」ギロッドはボルカイスよりもおちついていた。「明らかにこちらの存在に気づいている」

「両クルウンがエチンラグを出し抜いたのかもしれない。そうだ。そうにちがいない。それでわれわれの存在を明かしたんだ」

「心配するな」イホ・トロトが大音声《だいおんじょう》を響かせた。「われわれをとらえることはできない」

「なにか考えがあるのか？」と、ギロッド。

「撤退する」

「だったら、急がないと」ボルカイスが大声をあげる。「あいつら、メイン・ハッチから入ってくるんじゃなく、施設全体を包囲しようとしている」

「中央突破だ。ついてこい」ハルト人は細胞構造を転換した。血肉でできた肉体が、テルコニット鋼なみの硬度を持った物質に変化する。可動性に変化はない。

走行アームをおろし、まだ水浸しの通廊に飛びだす。ギロッドとボルカイスもあとにつづいた。かれらも足は速いが、ついていくにはかなりの努力が必要だった。しかも、黒い巨人はますます速度をあげている。

照明ポジトロニクスは確実に作動した。ハルト人と両フィゴ人に前方が見えるよう、先まわりして明かりを点灯していく。三名はつねに光のなかを進みつづけた。

通廊の行く手に鋼の壁が立ちはだかった。通廊はそこで左右に分岐している。トロトはそのまま直進。頭が鋼の楔《くさび》のように壁にめりこみ、貫通した。雷鳴のような音がとどろき、巨体が真空中に飛びだす。防護服の自動重力機能が働き、足が床からはなれるのを防いだ。

ギロッドとボルカイスはあとじさった。かれらが見守るうちに、ハルト人は箱形ロボット三体にぶつかってはねとばした。さらに、攻撃しようとしていた戦闘ロボット二体も押し倒す。二体は倒れると同時に発砲したが、ハルト人ではなくべつのロボットに命中し、爆発させた。閃光がほとばしり、洞窟をすみずみまで照らしだす。

「急げ」ギロッドがあえぎ、「ハルト人に遅れるな」

そう叫びながらトロトのあとを追った。ボルカイスはわずかに躊躇《ちゅうちょ》し、一ロボットに武器を向ける。だが、発砲する前に相手は床の亀裂に落ちて姿を消した。

「早くこい、ボルカイス」ハルト人が呼びかける。ヘルメット・スピーカーから大音声が流れ、ボルカイスは顔をゆがめた。

「そんなにわめかなくちゃならないのか、黒い雄牛？」と、叫びかえす。「耐えられるフィゴ人はいないぞ」

「きみたちは繊細すぎる、グリーン生物よ」トロトは武器を発射し、すくなくとも五体のロボットを破壊していた。ボルカイスが笑い声をあげる。

基地から脱出できないのではないか、と、不安を感じていたのはたしかだった。だが、いまはもう、これで脱出できると確信している。闇がボルカイスをつつみこんだ。ドームの向こう、宇宙船があるあたりに、ときどき閃光が見える。熱線の光でトロトとギロッドの姿も見えた。楕円形の開口部の前で、かれが追いつくのを待っている。

そこまであと数メートルだ。

ボルカイスの背後遠くで閃光が走り、トロトとギロッドが急いで穴のなかに引っこむのが見えた。

驚いて振り向くと、ドームの上にゲルジョクの宇宙船が出現していた。

全力で開口部に向かう。

発見されたのだろうか？

セト＝アポフィスに対する抵抗もここまでか？　すべての努力はむだだったのか？

ボルカイスは懸命にあらがった。

「イホ・トロト、助けてくれ！」

光が見えた。それはかれをつつみこみ、目をくらませた。目を閉じる前に熱波が襲ってきたが、ボルカイスはそれを死の瞬間と意識することもなく、熱線に焼きつくされ、瞬時に消滅した。

そのあいだにトロトはギロッドをかかえて跳躍した。文字どおり最後の瞬間に、決定的な一撃が迫っているのを感知し、もうボルカイスを助けられないと判断したのだ。だからギロッドを両腕でかかえ、プラットフォームの奥へとつづくハッチに突進した。

なにが起きたのかギロッドにはわからないほどのスピードだったが、それでも熱線のはしがトロトのからだをかすめた。防護服ごしに熱を感じる。だが、かれの動きはすばやく、宇宙空間の冷気が助けになった。

脇に逃げる可能性が見えた瞬間、トロトはそれに飛びついた。何度か振りかえり、数体のロボットが追ってきているのに気づく。だが、その数は徐々にすくなくなり、ついに一体も見えなくなった。

ギロッドはひろい洞窟に着くまで無言だった。

「ボルカイスは……？」と、ようやくたずねる。

「残念ながら……だめだった」

「かれの動きは遅すぎた。躊躇するのも見えた。ぴったりくっついてきていれば、まにあっただろうに」フィゴ人はヘルメット・ヴァイザーを両手でおおった。「これからどうする？　あきらめて、ラウデルシャークのところに出頭するか？」

「その場合、われわれはどうなると思う？」

ギロッドは顔をそむけた。

「わかっている。殺されるだろう。だが、なにができる？　二カ月かかって、成果はなにもない。のこっているのは三名だけだ」

この会話がゲルジョクに盗聴されている心配はなかった。

「向こうが予想していない行動をとるのだ」と、トロト。「上の基地にもどる。敵はわれわれを探すだろうが、あそこだけは探さないはず」

「そうだろうか？」ギロッドは不安でいっぱいのようだ。

「反重力装置が必要だ。それを使って、あの奇妙な目玉のような物体を捕獲する。ほかにアウエルスポールに対抗できる武器はない」

「アウエルスポールがまたあらわれるかどうか、わからないじゃないか？」

「あらわれなければ、目玉を使ってラウデルシャークの基地を宇宙の藻屑にするまでだ」

ギロッドは両手をおろし、目を輝かせてトロトを見た。

「それは考えたことがなかった。あなたのいうとおりだ。ラウデルシャークに、ほんとうにきびしい一撃をあたえるチャンスがある。利用しない手はない」

「では、賛成するのか？」

「当然だ」

トロトとギロッドは脱出してきたばかりの基地に引き返しはじめた。

＊

ビヴァリー・フレデンは悲鳴をあげてシートにしがみつき、アンドレイ・ソコニクはすぐさまその腕をつかんだ。

「もう終わった。しっかりしろ」と、鋭い声でいう。

彼女は目を開いた。

スペース＝ジェットの姿勢も安定をとりもどした。

「なにがあったの？」

「砲撃されて命中弾を受け、横にはじき飛ばされたんだ。敵艦はもう行ってしまった。ほんの一瞬だが、探知機がとらえていた。いまは遠ざかっている」

「どんな艦だった？」

「砲弾形で、長さ五百メートルくらい、中央と尾部に二枚ずつ大きな翼があった。黒い艦だ。それ以上はわからない」

ビヴァリーはハーネスをはずし、シートをつかんで、飲料自動供給装置に近づいた。水をとりだし、あわただしく飲みほす。ソコニクは彼女の全身が震えていることに気づいた。

「こんな経験ははじめて。ひどいショックだった」ビヴァリーが口ごもりながらつぶやく。

ソコニクは彼女につぶやかせておいた。そうやって内心の緊張を解いているのがわかるから。

「《バジス》があんな艦を何千隻も、この宙域で発見したのを忘れたのか？」かれはようやくしずかになったビヴァリーに笑みを向けた。「いずれ出会うと予想しておくべきだった。われわれの失態だ。スタック探しに夢中で、異人の艦隊のことを考えていなかった」

ビヴァリーは腰をおろした。

「たしかに。おかげで夢からさめたわね。でも、《バジス》の命令よりスタック探しのほうが重要なことに変わりはない。むしろ、可及的すみやかに見つけなくちゃという気になったわ。スタックを目前にして撃墜されることになったら、ひどすぎるから」

探るようにソコニクを見る。

「あなたはどう？　ずいぶんおちついてるけど」

「まずこのスペース＝ジェットをなんとかすべきだと思わないか？　故障個所を見つけて、できるかぎり修理する必要がある。さもないと、スタックを捜索しようとしても意味がない」

「《バジス》と連絡をとるつもり？」と、ビヴァリー。

「まさか。連れもどされるのはごめんだ。今後も連絡はしない」

彼女は探知スクリーンに目を向け、スペース＝ジェットがまだかなりの速度で瓦礫フィールドを飛行していることに気づいた。

「どこに向かっているの？」

「わからない。《バジス》からは遠ざかっている。たぶんスタックに近づいているはずだ」

それで充分だ。ビヴァリーは異人の艦隊の脅威を忘れ、ソコニクの作業に協力した。まずは故障個所を特定し、修理計画を策定できるようにする。

「飛行は可能だ」ソコニクが断言した。「だが、それ以上のことはむずかしい。操縦はできないし、ポジトロニクスも作動しない。航法ポジトロニクスなしでは、盲目的に飛びまわることしかできない」

「気をつけて。物質片に衝突しそう」

ソコニクの両手がコンソール上を動くと、接近していた物質片がコースを変えたように見えた。もちろんそうではなく、スペース＝ジェットのほうが動いて物質片を回避したのだが。

「どうやったの？　操縦はできないんじゃなかった？」

「反重力装置はまだ生きている」と、ソコニク。「だから機体を押しやって、衝突を回避したんだ」

「ふう……取り越し苦労だったわね」彼女はため息をついた。「ぶつかるかと思った」

ソコニクはおだやかに微笑した。彼女に心配をかけまいとしたのだ。実際には、不安は大きかった。スペース＝ジェットの状態は予想以上にひどく、かれの技術ですべてを修理するのは不可能だった。

とはいえ、かれもビヴァリー同様、スタックはもう近いと考えている。到着できれば、問題はすべて解決するはず。

「はじめよう」ビヴァリーも手を貸してくれる。かれは楽観しているふりをした。

4

突然イホ・トロトが岩にしがみつき、ギロッドはそのからだに衝突した。

「どうしたんだ？」と、フィゴ人。

ハルト人は答えない。

まるで氷の息を吐きかけられたように感じたのだ。またしても死の予感が迫ってくる。それはかれに、すべての道がいつかどこかで終わり、星々のもとにいるどんな生命体も永遠には生きられないことを思いださせた。

不安そうに、洞窟の奥の三つのドームに目を向ける。ゲルジョクの宇宙船はもう見当たらず、ロボットの姿もなかった。熱線が命中した場所は高温で溶解し、周囲とははっきりと異なっている。

ギロッドがトロトの肩に手を置いた。

「おい、巨人！　そろそろ、どうしたのか話してくれないか？」

トロトはその手をそっと押しかえした。

「なんでもない。まったく」

「ほんとうに？」

「ほんとうだ。ここで待っていろ」

トロトは走行アームをおろし、脱出してきたドームに向かった。

数秒後には、自分が壁を突き破ってつくった開口部のなかに姿を消す。

フィゴ人はその場に待機した。ハルト人がなにかを不安がっているのを感じ、ひとりになるのは気が進まなかったが。黒い巨人がいなければ、瓦礫フィールドで生きのびるチャンスの片鱗さえ見つけられないことはわかっていた。

かれはトロトを無敵だと思って感嘆していた。自転する虚無の辺縁部にあるこれらの基地を消滅させる力を持つと、期待したのだ。過去数週間のあいだになにかが起きたなら、その成果に満足しているはずだった。それなのに、自分たちは標的と思われるものを探しまわっただけで、しかも戦闘になる前に逃げだすことになってしまった。

こんどはそうならないことをギロッドは期待した。逃げたほうがよさそうなときも譲歩せず、ハルト人が腰を据えて対処してくれることを。

数分後、トロトから追いかけてくるよう連絡があった。

「問題なさそうだ。ゲルジョクが罠をしかけていったようすもない」

トロトは壁の穴をこえた先にある、一ハッチの前でギロッドを待っていた。非常用エアロックからドームのなかに入る。

「ゲルジョクを呼びよせたのは、ジャロカンを殺したロボットとしか考えられない」トロトがいった。「かくれ場からおびきだす方法があればいいのだが」

反重力装置を調達したホールにもどったふたりは、念のため、監視スクリーンのスイッチを入れた。これで攻撃があっても察知できる。

「問題のロボットの外観はかなり異質だと思う」半時間ほど待機したところ、ギロッドがいった。「たぶん、出会っても、戦闘ロボットには見えないんだろう」

いくつもの反重力装置を結合し、二メートルほどの高さに浮遊させていたトロトが、はっとして振りかえった。作業を途中でほうりだし、無言で走りだす。

「置いていかないでくれ！」ギロッドが叫んだ。「ジャロカンのときも、それであんなことになったんだ」

トロトは呼びかけに応じない。ギロッドは急いでそのあとを追った。

ハルト人が向かったのはジャロカンが殺された部屋だった。ギロッドが駆けこんだとき、トロトは自分が破壊した水のタンクのそばに立っていた。

「びっくりさせないでくれ」と、フィゴ人。「こっちの身にもなってほしいよ。いきなりひとりにされて、いつロボットに撃たれるかと気が気じゃなかった」

「悪かった、ギロッドス」ハルト人は二列にならんだ鋭い歯を見せて笑った。「ところで、なにか気づいたことがないか？」

フィゴ人は有柄眼を伸ばし、あちこち見まわした。

「いや。ここはなんの変化もないようだ」

「ところが、なくなっているものがある」

「気のせいだろう」

「床を見てみろ」

「まだ濡れてるな」ギロッドは向きを変えようとして、動きをとめた。かれとハルト人は三メートルほどはなれて立っていたが、その中間に、長方形の濡れていない場所がある。長さ三メートル、幅二十センチメートルくらいの大きさだ。

「ロボットのかたちがわかった」と、トロト。「きみはどうだ？」

「思いだしたぞ」グリーン生物は床の乾いた場所を指さした。「ここには金属壁があった」

「そうだ。それがなくなっている。施設内のどこにあっても、まったく無害なものに見えるだろう。だれも気づかない。ところが、その壁面がいきなり開き、弾丸を発射するのだ。行こう」

ギロッドはつづけざまに悪態を口にした。トロトはかれと出会って以来、こんなフィゴ人を見たことがなかった。作業をしていたホールにもどったときも、ギロッドの興奮はまだおさまっていなかった。

だが、途中でぴたりと口を閉じる。

反重力装置のすぐ横に金属壁が立っていたのだ。高さが二メートル、幅が三メートルほどある。ただ、フィゴ人が気づいたのはそれだけではなかった。壁のうしろのスクリーンにずんぐりした姿がうつっている。

「アウエルスポールだ」と、かれはつぶやいた。「発見された」

＊

カナスクは明かりが点滅して夜の休息を告げるまで待った。部屋にひとりでいるものの、すぐに寝るつもりはない。

音をたてないようにドアを開ける。

通廊に人影はなかった。化学者たちが気晴らしをする娯楽テーブルにも、いまはだれもいない。香炉からブルーの煙が細くたちのぼり、心地よく苦い香りをはなっている。

一ロボットがクッション入りの椅子の埃を吸いとっていた。天井の下ではポジトロン・カメラのレンズが光っている。

カナスクは足早にその下に近づき、足の裏にとりつけた小型反重力装置を作動させた。

カメラのところまで上昇し、ヴァイブレーション・ナイフでちいさな切れ目をつくり、ポジトロニクスを操作するチップを挿入する。

命令インパルスが監視室の記録装置にとどき、カメラがこれまでに録画した内容を消去させた。

警報は鳴らず、カナスクは安堵の息をついた。この計画で、その点だけが不安だったのだ。警報を制御できるかどうか、自信がなかったから。

チップを回収し、応急補修剤で切れ目をふさいで、部屋を出る。だれにも見られていないはずだ。後日検証しようとしても、かれが規則を破ったことは、かんたんには証明できないだろう。

数分後、さまざまなポジトロニクスの通信経路が集中し、周辺装置がべつの場所から操作されている部屋に入る。もっとも重要な装置のパネルを、ここでもヴァイブレーション・ナイフを使って切りとった。そのさい、ビームをできるかぎり細くして、肉眼では切れ目が見えないようにする。

カナスクはパネルをはねあげ、複雑なポジトロニクスの内部をのぞきこんだ。マイクロ部品のあいだに十二個のちいさな容器をとりつけ、髪の毛のように細いワイヤーで接続する。回路板の下にはピンの頭ほどのちいさなクロノグラフをかくした。プログラミングはあらかじめすませてある。

そのあとパネルをもとにもどし、慎重に接着。特殊な装置を使わないかぎり、かれが手をくわえたことはわからないだろう。

満足そうに出来ばえを眺め、通廊に出る。

ほっと息をついた。

またしても運が味方したようで、かれに気づいて足をとめたり、近づいてきたりする者はどこにもいなかった。通廊の突き当たり……百メートルほどはなれた場所……で、一ジャウクが壁に向かってなにか作業をしているだけだ。

カナスクが分岐する通廊に急ごうとしたとき、突然、サウパン人のラウデルシャークがあらわれた。基地の責任者は、フィゴ人を見て明らかに驚いていた。

「ここでなにをしている？」

「仕事だったんです」と、化学者。その視線はラウデルシャークのきらめく鎧《よろい》の上をさまよった。サウパン人と話すといつもいらいらする。鎧に目がないため、どこを見ればいいかわからないから。

「わたしの記憶では、きみはレクリエーション室の娯楽テーブルの前にいたはずだが」

「べつのだれかと見まちがえたんでしょう」カナスクは自分がおちついていることに驚いた。八十九センチメートルのからだを精いっぱい伸ばし、頸のまわりにフリルのように生えている腕をはげしく動かす。「あなたは重要な地位についています、ラウデルシャーク。この基地全体の責任者だ。あなたほどの人が、わたしのようなとるにたりない者のことを、いちいち気にする必要はありません」

「化学者カナスクはとるにたりない者ではない」と、サウパン人。

「それはともかくとして」フィゴ人は震える声でいいかえした。「いずれにせよ、わたしは娯楽テーブルのところにはいませんでした。そこにすわったことは一度もありません。時間が惜しいですから。それくらいなら、ラボで仕事をしますよ。もういいですか？　休息したいんですが。それは尊重してもらわないと」

「もちろんだ。きみには休息の権利がある。では……行くがいい」そこにはある種の底意が感じられた。

　ラウデルシャークは道を譲ろうとせず、いつものように身振りで言葉を強調することもしない。その横をカナスクは押し通り、前方に見える上行きの反重力シャフトに急いだ。上昇しはじめるとほっとした。

　なにか気づかれた！　かれはそう思った。だが、ラウデルシャークはまだ事態を見抜いてはいないはず。運がよければ、調査もなされないかもしれない。

　自室で寝台に横になる。疲れているのだが、眠れなかった。

　すべてうまくいっていて、発見される心配はない、と、思いこもうとする。だが、実際はそうでないことが徐々にわかってきた。自分はレジスタンスの戦士という柄ではないし、器用なわけでもない。なにかミスをおかしていて、遅かれ早かれ、ことは露見してしまうだろう。

直接ラウデルシャークを襲撃するしかない、と、自暴自棄になって考える。どうせ死ぬなら道連れにしてやろう。

ドアの呼び出しランプが点灯した。カナスクは動揺した。からだを起こしたものの、寝台からははなれない。

「どなた?」

「保安部だ」ゲルジョクの声だ。

「なんの用かね? わたしは休息中だ。休息時間が終わるまで待ってもらいたい」

ポジトロン特殊キイでドアが開く。それがなにを意味するか、カナスクにはわかった。かれを逮捕しにきたのだ。

＊

「次々にくるぞ」トロトがいった。

ギロッドが見ているうちに、壁の表面にいくつものパネルが開いた。ハルト人の二本の腕が伸びてきて、かれをつかみあげ、抵抗しようのない力で脇に投げとばす。フィゴ人は十メートルほども宙を飛び、通廊の床に落下した。滑りやすい床の上をさらに十メートルほど滑走し、ようやく停止。その場に横たわったまま、有柄眼をいっぱいに伸ばしてハルト人を見つめる。トロトは金属壁に突進していた。

閃光が長く尾を引いて、開いたパネルから高速の弾丸が黒い肌の巨人に向かっていく。だが、弾丸ははじきとばされ、流れ弾となってホールを横切っていった。

トロトが壁につかみかかる。壁が、まるで飛んで逃げようとするかのように持ちあがった。ハルト人のこぶし四つがすさまじい勢いで壁にたたきつけられる。ギロッドの目にはとらえられないほどのスピードだ。

ついに壁は煙をあげる残骸となった。トロトはそれを数メートル向こうに蹴りとばした。

ギロッドが立ちあがる。

「助かった。わたしをボールみたいにあつかってくれなかったら、いまごろは生きていなかったろう」

「運がよかった」トロトは鋭い歯をむきだし、大声で笑った。「ギロッドス……われわれ、絶好のタイミングで正しい結論を引きだしたわけだな」

フィゴ人は四本の把握触手のある両手をあげ、脇腹を押さえた。うめき声をあげ、足を引きずってハルト人に近づく。

「全身の骨が折れたような気分だ。それでも死ぬよりはずっとましだが」

トロトはふたたび笑い声をあげた。ただ、こんどはモニター画面に目を向ける。アウエルスポールはまだ同じ場所に立っていた。

「それはまだちいさな災厄だ。より大きいのが外で待ち受けている。ここからが大変だぞ。もう一度脱出し、できるだけ急いで反重力装置を輝く目玉のところに運ばなくてはならない。それでようやく、次の一時間を生きのびる希望が出てくる」

「あのおかしな目玉が望みどおりの効果を発揮すれば、だがな」

「ちびさん」ハルト人はやさしく声をかけた。「その期待が裏切られたら、われわれが助かる道はない。アウエルスポールに自転する虚無に送りこまれ、もどってくることはできないだろう」

トロトはまたしても、これまで何度か悩まされてきた死の予感に囚《とら》われた。今回は無力感もくわわっている。

どんなにあがこうと、なんの役にもたたない、という思い。どうにか絶望感にあらがおうとするが、うまくいかない。

「どうした？」ギロッドが小声でたずね、ハルト人の片手に手を伸ばした。「ときどきようすがおかしくなるな。気分が悪いのか？」

トロトは走行アームをおろした。同時に細胞構造を転換し、テルコニット鋼よりも硬い物質に変化させる。大声で咆哮《ほうこう》。指が鉤爪のように床に食いこみ、その部分を引き裂く。巨人は狂ったように前方に突進した。ホールを突っ切って頭から壁にぶつかり、突き破る。その姿がフィゴ人の視界から消えた。

それでもトロトのいる場所はわかった。

音が聞こえる。

戦いをもとめる咆哮とともに、ハルト人はドーム内の部屋を突破していった。扉を突き破り、マシンを次々と破壊し、何トンもの物質をはねとばし、基地の技術中枢の大部分を潰滅させていく。

ギロッドは反重力装置のそばで震えていた。逃げられる場所があれば逃げだしていただろう。

ハルト人が恐ろしかった。理性を失っているにちがいない。

やがてしずかになると、こんどはトロトがどこにいるのかわからなくなった。ギロッドはほっとしたような気になる。

だが、半時間ほどすると、また床や壁が震動しはじめ、トロトが壁を突き破ってもどってきた。

かれは長さ一メートルの、腕ほどの太さの鋼の梁《はり》を手にしていた。それを口に突っこみ、嚙み砕く。鋭い歯がばりばりと音をたてて鋼を粉砕した。

ギロッドはおびえてあとじさった。

トロトがのこった梁のかけらをほうり投げ、笑い声をあげる。

「ギロッドス」大音声だが、語尾に付された〝ドス〟がフィゴ人にはやさしげに聞こえた。「わたしを恐れてはいないな？」

「とんでもない」フィゴ人はゆっくりとあとじさりながら答えた。「あなたに馬乗りになってぶん殴るべきかどうか、考えていた」

ハルト人は走行アームをおろし、壁が震えるほどの大声で笑った。

「気分がすぐれなかったのだ」と、トロト。「空気をたっぷり吸わなくてはと思ってね。この二カ月、明らかに受動的になりすぎていた」

「できれば、あまり活動的になりすぎないでもらいたいな」

「心配ない。もう正常にもどった」輝く赤い目でグリーン生物を見て、いっぱいに背を伸ばし、壁にならんだモニターに近づく。

「アウエルスポールは動いていない」と、ギロッド。「こっちにくる気はないようだ。ここにいるのがわかっているのだろう」

「それだけはたしかだな」

トロトは究極の存在の思念の圧力を感じた。アウエルスポールがこちらの居場所の情報を得ているのはまちがいない。ただ、敵がなにもいってこない理由は謎だった。

「モニターを見ていてくれ」と、ギロッドにいう。「いまのうちに反重力装置を接続する。アウエルスポールがなにか動きを見せたら、すぐに知らせるんだ」

「まかせてくれ」

トロトは数分で作業を完了させた。究極の存在に動きはない。ハルト人はもう逃げられない、と、確信しているようだった。

5

カナスクはやり場のない怒りをかかえたまま、保安部のゲルジョクたちが自分の私室を捜索するのを見守った。

作業は徹底していた。徹底しすぎているくらいだ。化学者はその目的が、捜索そのものよりも、破壊によってこちらの意気をくじくことにあるのではないかと思った。

「どういうつもりだ?」カナスクはわめいた。「なんの権利があってこんなことをする? わたしの人権はどうなる?」

「きみに人権はない」ゲルジョクがあざけるようにいう。

「きょうはわたしだが……あすはきみたちが同じ目にあうぞ」

「それもない」

そのとおりだということはわかっていた。セト＝アポフィスの従順な奴隷は破壊工作になど関与しない。超越知性体のほかの奴隷を殺すこともない。

保安員はカナスクに不利な証拠を発見できなかった。

「これでわたしのじゃまをする理由はなくなったな」フィゴ人は勝ち誇って叫んだ。

だが、自分が敗《やぶ》れたのはたしかだった。自由に動けるのは、あとせいぜい二、三日だろう。それでもちょっとした運があれば、そのあいだにかなりの被害を基地にあたえ、イホ・トロトに協力できるはず。それ以上のことは望んでいなかった。ラウデルシャークがネットとやらで成果をあげられないようにしたいだけだ。

だが、保安員はあきらめなかった。

化学者を逮捕し、連行する。

「重要な作業の途中なのだ」カナスクは抗議した。「途中でやめることはできない。わたしのことは好きなようにしていいから、プログラミングを最後までやらせてくれ」

ゲルジョクたちは答えない。小部屋に連れていかれると、そこでラウデルシャークが待っていた。カナスクの視線が、自分とサウパン人のあいだに置かれたテーブルの上に向く。そこにはジャウクの死体が横たわっていた。

ラウデルシャークが口を開いた。

「きみのシュプールをたどっていくと、いくつものちいさな不審点が見つかった。きみの態度に疑念をおぼえた者も多かった」

カナスクは苦労して手の震えをかくした。何度か深呼吸し、頭をかかえてこういう。

「頭がおかしくなりそうだ。まるで犯罪者あつかいではありませんか。その死体とわたしに、なんの関係があるというんです?」

「それを知りたいから、われわれ、ここにいるのだ」ラウデルシャークが答えた。「あらゆる証拠が、きみがこのジャウクを殺したことをしめしている」

「だれがそんなことを?」カナスクは恐怖を克服してたずねた。鉄面皮な態度が助けになると思ったから。だが、それは間違いだった。

ラウデルシャークのひと言が最後の希望を打ち砕いた。

「血痕を発見し、破壊工作を確認したのだ」

カナスクは思わず生唾をのみこんだ。逃げ道はない。なにがあったのかは、子供でもわかるだろう。

「きみに訊きたいことはただひとつ、セト=アポフィスに対する攻撃をだれに指示されたのかということだ」と、サウパン人。

カナスクは黙りこんだ。計画ははじまる前に終わってしまった。恐れていたとおりだ。自分には荷が重かった。頭がかたすぎて、他者の身になって考えることができないのだ。そうでなければこれほど多くのミスはおかさなかったろうし、他者の反応を読み違えることもなかったはず。

「黙っているつもりか?」

「話すことなどない」

サウパン人はドアに近づいた。きらびやかなソーセージが無数にからみ合ったような防護服を着用しているので、なにを考えているのか、感じているのか、見当もつかない。

「拷問しろ。話しはじめたらわたしを呼ぶように」と、ラウデルシャーク。

カナスクは背中が壁につくまであとじさった。そんな命令は予想していなかった。失敗して死ぬことは覚悟していたが、その死はすばやい、苦痛のないものだと思っていた。

「なにもかも話す」かれはくぐもった声でそういった。

「われわれの楽しみを奪うな」と、一ゲルジョク。「それに、きみは完全に追いつめられなければ真実を話さないだろう。気にいろうといるまいと、こっちはすこし楽しませてもらうからな」

カナスクにとっての地獄がはじまった。

＊

イホ・トロトとギロッドは反重力装置を搬送プレートの上に置いた。

「バッテリーを節約しなくてはならない」ハルト人が説明する。「装置のスイッチを入れるのは最後の最後だ」

「反重力装置がプレートに乗りきらないんだが」フィゴ人が思案しながらいう。

「だったら、二台使えばいい」トロトはホールの奥のドアを指さした。「あの部屋にもっとある」

ギロッドは急ぎ足でその部屋に向かった。ドアを開け、搬送プレートをもう一台、浮遊させて運びだそうとする。そのとき、どこからともなく金属壁があらわれたのに気づいた。二十メートルほどはなれている。

かれは驚いて叫び声をあげた。

ハルト人が振りかえる。

「どうした？」

ギロッドが大きく跳躍して逃れた瞬間、壁型ロボットが銃撃を開始した。弾丸がドアの周囲の壁に当たって音をたてる。ロボットは標的をはずしたことにすぐに気づき、床から壁部分を持ちあげると、フィゴ人が身をかくした場所に向かった。そこにトロトが突進してきた。

さらに壁面のパネルが開き、巨人に向けて銃撃を開始する。こんども弾丸ははじきとばされ、トロトはこぶしを振るってロボットを破壊した。

ギロッドは開いた戸口を這って通りぬけた。

「あぶなかった。ちょうどあいつが姿をあらわすのが見えたんだ。悪魔的な武器だな。あどうしてこの基地が無人だったのかわかったよ。あのロボットが皆殺しにしたんだ。あまりにも危険で、ふつうの生命体では対抗できない。時間をかけて、動く者をすべて殺してしまったんだろう」

「ほかにもいるはずだ」と、トロト。「だが、もう関係ない。この基地から出ていくから」

「アウエルスポールを倒せればな」

ハルト人はモニター画面に目を向けた。

「まだもとの場所を動いていない。ずっとあのまま待つつもりだろう」

「こっちはかまわないよ」

ギロッドはハルト人とともに搬送プレートを持ってもどってくると、反重力装置をすべて積載し、まとめてメイン・ハッチのほうに運んでいった。

アウエルスポールはまるで石のように、基地の前庭に立っている。

「待機状態になってるんじゃないかな」と、フィゴ人。「そういう能力があるんじゃないか？」

「あれの能力はわからない。監視して、つねに攻撃にそなえるしかない」

ギロッドは搬送プレート上でからだを左右に動かして、進行方向を調整した。宇宙服のヘルメットは閉じている。

トロトはその前を歩いていた。無言だが、フィゴ人にはかれの考えがわかるような気がした。

究極の存在の狙いはなんだ？　なぜ動かない？　罠を張っているのか？　モニターで姿を見られていることに気づいているのだろうか？　ホールからメイン・ハッチに移動するあいだはモニターが見られないので、こちらがスタートするのを待っている？　すでにドームに向かって走りだし、メイン・ハッチでこちらを襲撃しようとしているのでは？

ギロッドはそう考えて身震いした。

メイン・ハッチが近づいてくると緊張は極度に高まり、有柄眼はヘルメットの頂部に触れそうになるくらい伸びだしていた。

瓦礫と岩屑におおわれた基地の前庭にアウエルスポールの姿はなかった。闇のなかにひそんでいるようだ。ギロッドはびくびくしながら、搬送プレートの側面灯であたりのようすを探った。アウエルスポールの注意を不必要に引きたくはない。

トロトはおちついているようだ。

ハルト人が駆けだした。かれが引いていた搬送プレートが急加速し、フィゴ人はあわててあとを追った。トロトがようやく足をとめたのは、入口の開閉システムの前だった。なかに入り、前進をつづける。足をゆるめようとはしない。驚いたことに、トロトは迷路のように入り組んだ通廊やホールを迷うことなく、ブルーに輝く物体に向かって突き進んでいるようだった。まるで目玉のような、ふたつのちいさな恒星のごとく洞窟の中空を漂う物体に向かって。

「急げ。急がないとアウエルスポールに追いつかれるぞ」と、ハルト人。

ギロッドははっとした。

ハルト人は究極の存在を監視するモニターやカメラを最初から信用していなかったのではないか、と、はじめて思いついたのだ。敵対する両者のあいだには、テレパシー的なつながりがあるのだろうか。相手がなにをしているか、たがいにわかっているのかもしれない。

トロトは熱に浮かされたように作業をつづけている。準備は万端だった。すべての手の動きにむだがない。反重力装置が次々と、所定の位置に設置されていく。ギロッドはただ驚いて見ていることしかできなかった。

二分たらずでトロトは両方の作業アームをあげ、究極の存在との戦いの準備ができたことをしめした。

それから、分岐する脇通廊を指さす。

「わたしに消えろというのか?」ギロッドがたずねた。

「そのとおりだ、ちびさん。早いほうがいい」

フィゴ人はひるんだ。迷路のような通廊と洞窟のなかを進むのは不安だった。

「なにか目印でもないと、外に出るのは不可能だ」

「戦うにはひろい場所が必要だ。アウエルスポールはもうそこまできている。戦いがはじまったら、そこらじゅうを破片が飛びかうだろう。わたしのじゃまをする危険を冒したいのか？　それはきみのためにもならない」

ギロッドは首を引っこめた。ハルト人が本気だとわかったのだ。ためらいがちに後退し、そのさい、呪縛されないよう、ふたつの輝く目を見ないようにする。

突然、不快な精神圧力を感じた。なにか強大なものが闇のなかから近づいている。自分よりもはるかに強力ななにかが。

ギロッドは恐怖を感じた。

見ると、トロトがいくつかの装置をさまざまに調整している。かれは驚いた。ハルト人が反重力装置以外のものを持ちだしていたとは知らなかったから。だまされたのだろうか、と、自問する。話とはまったくべつのことを計画していたのか？

まるでその考えを読んだかのように、ハルト人が振りかえり、ギロッドに目を向けた。その目が闇のなかで、みずから光をはなつかのように赤く輝いている。

ギロッドは突然のパニックに駆られ、逃げだした。有柄眼の片方を前に、もう片方をうしろに向け、追跡されていないことを確認する。

洞窟のひとつから不鮮明な、ずんぐりした姿があらわれた。

アウエルスポールだ。

その瞬間、ギロッドは立っていた柱に衝突した。思わずそれにしがみつき、からだを押しつけたが、究極の存在とハルト人から目ははなさなかった。両者はまだ十五メートルくらいの距離をとっている。そのとき、馬蹄形《ばてい》に接続された反重力装置がいきなりアウエルスポールをとりかこみ、完全にとらえた。身動きできなくしている。究極の存在はもがいているが、脱出はできそうになかった。

トロトはブルーの目玉を動かそうとさえせず、頭から突進した。アウエルスポールをしっかりとつかまえる。だが、なぜだ？　ブルーに輝く物体に向けて投げつけるつもりなのか？

ギロッドは呪縛されたようにその場から動けなかった。戦いの決着を自分の目で確認したい。

だが、そこで予期しないことが起きた。

ハルト人が横方向に体勢を崩し、壁に激突して逃げだしたのだ！

ギロッドは不安になり、闇のなかにまぎれた。考えることはひとつだけだ。アウエルスポールに気づかれませんように。

究極の存在は反重力装置の拘束からかんたんに脱出するだろうと思えた。こちらに気づけば、襲ってくるはず。だから、ヘルメット・ランプを点灯したのは、充分にはなれたと確信できてからだった。とにかく急いで、洞窟と通廊のなかを逃げなくてはならない。岩のあいだを駆けぬけ、飛翔装置の助けも借りて、迷路のなかを突っ切っていく。すぐに自分がどこにいるのかわからなくなり、あとは方向感覚だけをたよりに進んでいった。ときどき背後にも目を向ける。なにか動くものが見えた気がしたせいだが、テレカムでイホ・トロトに呼びかける気にはなれなかった。

ハルト人に失望していたから。

トロトは自分よりもはるかに強い。フィゴ人が五十人で束になっても、勝つことはできないだろう。かれならアウエルスポール相手にもチャンスがあると思った。それなのに、逃げだしてしまうとは。そのことをくりかえし考えるうちに、トロトがこちらを犠牲にして、わが身の安全をはかったと思えてきた。

しばらくすると、自分がいたプラットフォームの表面が近いらしいとわかった。そこからラウデルシャークの基地まではそう遠くない。

だが、そうではなかった。

突然、大きな洞窟が目の前にあらわれたのだ。くたびれた照明灯の明かりで、三つの巨大ドームの輪郭がわかった。

そこがどこなのかは明らかだ。

どっちに進むか考えているうちに、照明が明るくなった。ドームとその前庭のようすがはっきりとわかる。

開いたハッチからトロトが飛びだし、まっすぐギロッドのほうに突進してきた。赤く輝く熱線がドーム内部から射出される。ドームが崩壊することもなく、その熱線は洞窟のはずれにある開口部のひとつに命中した。

ギロッドはかくれ場から飛びだした。

「おい、黒い雄牛」トロトが自分を守ってくれるのではないかと期待し、声をかける。

「ばかめ」ハルト人が叫んだ。「ここでなにをしている？　状況がわからないのか？」

＊

ビヴァリー・フレデンはショックから回復すると、驚くほど有能なコンピュータ技師であることをしめした。かなりの短時間でポジトロニクスの重要な回路の修理を完了させたのだ。この結果、ウェイデンバーン主義者ふたりのおかれた状況は多少よくなった。スペース＝ジェットをわずかながら制御できるようになり、瓦礫との衝突を恐れつづける必要がなくなったのだ。

「自分の仕事がよくわかっているな」アンドレイ・ソコニクはそういって賞讃した。

ビヴァリーはちらりと笑みを見せた。

「でも、心配だわ」

「なにが？　スタックはすぐに見つかるだろう。これまではスペース＝ジェットの面倒を見るため、捜索に力を割《さ》けなかった。これからはそうじゃない」

「スタックじゃなくて、《バジス》のことよ」

「ああ、ずっと連絡をとっていないからか。一度《バジス》に報告しておいたほうがいいと思うのか？」

「そのとおりよ。連絡がないと、捜索を開始するかもしれない。運悪く発見されて、連れもどされるおそれがあるわ。そうなるのは避けないと」

「その心配はないさ、ビヴァリー。この瓦礫フィールドで、われわれを見つけられる者はいない。その点は確実だ」

透明キャノピーごしにはなにも見えないも同然なので、彼女は観測・探知スクリーンに目を向けた。そこには周囲の物質片が表示されている。いちばん近いものは四十メートルほどしかはなれておらず、長さがすくなくとも五百メートルはあった。近すぎるため、正確な大きさはよくわからない。

ビヴァリーはため息をつき、シートに腰をおろした。

彼女はスタックに憧れていた。それがどんなものなのか、はっきりしたイメージも持っている。

スタックは一種の重力場かプシオン場で、宇宙空間にのみ存在する。人間がそこに行くと、自然にべつの形態に変容するのだ。

ウェイデンバーンによると、宇宙飛行は神聖な行為であり、その目的はただひとつ……スタックを発見すること。

かれの告知によれば、人はだれしも内なる声を有し、それが人をスタックに導くという。同じ志を持つ者と出会い、宇宙に飛びだすことができれば。

それ以外の目的……交易、あらたな惑星への入植、未知世界の探検など……で宇宙に出るのは、ウェイデンバーンにいわせれば、ひどい過誤であり、宇宙航行の濫用《らんよう》だった。ビヴァリーもその見解を支持している。彼女が《バジス》に志願したのは、スタックを探すためにほかならなかった。アンドレイ・ソコニクと知り合い、かれもまたスタックの信奉者であると知ったのは、幸運なことだった。

これで、成果が出るすべての前提条件はそろったんじゃないかしら？　すでにスタックのすぐ近くにいると感じられる。《バジス》から帰還命令が出ても、拒否するだろう。

「おっと……あれはなんだ？」ソコニクが声をあげた。

ビヴァリーは物思いからわれに返った。

「どうしたの？」

「あそこになにかある。ネットかなにかのようだ」

「ネットって、どういう意味？」

かれは透明キャノピーの外をさししめした。

「物質片の集まりのなかに亀裂状の部分があって、その奥でなにかネットみたいなものが光ってるんだ。近いのか遠いのかもよくわからない」かれは反重力シャフトに近づき、極性を下向きに設定して、なかに飛びこんだ。「外に出て、物質片の向こうをのぞいてくる。たぶんなにかわかるだろう」

ビヴァリーは立ちあがった。

「あれがスタックだと思うの？」

「だれにわかる？　ウェイデンバーンはスタックがどんなふうに見えるのか、そもそも目に見えるのかどうかについてさえ、なにもいっていない。光るネットに似ているのかもしれないだろう」

「いっしょに行くわ」彼女の顔には不退転の決意の表情があり、ソコニクは危険だから待っていろというのをあきらめた。いくつもの理由から、どちらかひとりはスペース＝ジェットにのこったほうがいいのだが、彼女を説得するのはできそうにないし、すでに興奮と好奇心でいっぱいの自分がのこるともいいだせなかった。

ふたりで機外に出て、巨大な物質片に接近する。

宇宙服にそなえつけの飛翔装置を使い、慎重に前進。

「あれだ。見えるか?」と、ソコニク。

「ええ」ビヴァリーはため息をついた。圧倒的な幸福感に満たされて、ほとんど言葉が出てこない。「スタックね」

「見つかることはわかっていた、ビヴァリー。一瞬も疑ったことはなかった」

「でも、まだかなり遠いわ、アンドレイ」

白く輝くネットは巨大な物質片のあいだにあり、ソコニクの目測で、すくなくとも百キロメートルははなれていそうだった。

「宇宙服でたどり着くのは無理だ。スペース＝ジェットをもっと修理して、操縦できるようにしないと」

「なにかの部品を使って反重力プラットフォームを組みたてられない? それならスタックまで行けると思う」

ソコニクがあわてたように物質片を蹴って反動をつけ、ビヴァリーのからだをつかんだ。彼女は驚いて声をあげた。

「どうしたの?」

「しずかに」

「アンドレイ、わたし……」

「黙れ!」

そこでビヴァリーもようやく事態を理解し、かれにしがみついた。周囲を見まわす。漆黒の闇がふたりを押しつつんでいた。ネットは漂う物質片の陰のどこかにかくれてしまった。

そのとき、すぐ近くに閃光が見えた。目をくらませるまぶしいビームがふたりのそばをかすめる。ただ、狙いはかれらではなく、残骸のあいだを漂うスペース＝ジェットだった。

ビヴァリーは目を閉じた。搭載艇が火の玉となり、物質片のあいだでちいさな恒星のような輝きをはなつ。その光で、黒く巨大な砲弾形艦が見えた。突きだした翼がちいさな物質片に近づくと、防御フィールドがそれを押しのけた。

ソコニクが自分を押しやった理由がわかった。

ふたりはふたつの物質片のあいだを通過し、スペース＝ジェットから一キロメートル以上はなれた。

もう一度もどれるといいのだが。

一辺が百メートルほどある物質片に到達し、ソコニクは彼女を岩の亀裂に引っぱりこむと、飛翔装置のスイッチを切った。

ビヴァリーはうなずいた。必要な予防処置だと思ったから。異人の宇宙船はすぐ近くにいる。できるかぎり慎重に行動するのは当然だった。

損傷したスペース＝ジェットはまだわずかに光をはなっていた。黒い艦が瓦礫のあいだを通過するとき、透明な艦首が見えた。司令室もその部分にあり、なかで動きまわる多数の姿が見える。それは鳥型種族だった。

6

カナスクはすぐに拷問に屈し、ジャウクを殺して死体をかくしたことを認めた。

「なぜだ？」途中でもどってきたラウデルシャークがたずねた。

「通信ラインに細工をしているところを見られたからです」化学者が答える。「パイプに酸を流しこみました。容器に入れて設置したんですが、すでに流れでて、大きな被害をあたえているはずです」

「まさか！」サウパン人は叫んで、インターカムで次々と命令をくだした。数名のゲルジョクに通信ラインを点検させ、容器を回収するよう指示。「まだまにあうかもしれない」

カナスクはぼろぼろのからだで背筋を伸ばした。憎悪に満ちた視線を拷問者たちに向ける。なにもいわないものの、ゲルジョクたちの作業がむだであることはわかっていた。容器に酸を満たしたあと、経過した時間が長すぎる。いまさらとりはずしても、損傷は避けられないだろう。

「なぜそんなことをした？　だれの指示だ？」と、ラウデルシャーク。

「だれの指示でもありません。わたしの自由意志でやったことです。生きて故郷に帰ることはできない、死ぬまでここにいるのだ、と、いったのはあなたでしょう。それがあなたの決定的なミスでした」

「わたしのミスだと？」ラウデルシャークがばかにするようにいう。「どうしてそうおろかなのだ？　おまえは自分の命で償いをすることになる。あと一時間も生きてはいられまい」

「白状すれば生かしておくと、拷問者たちが約束しました」

「かれらがなにを約束しようと、わたしの知ったことではない」

カナスクはうなだれた。

どうして信じたりしたのか。嘘だとわかってもよかったはず。

痛む頭を両手で押さえる。

相手がそういうつもりなら、第二の破壊工作のことは黙っていよう。ラウデルシャークにとって、さらに深刻な結果をもたらすはずだが。ネットにも細工をしたのだ！

しばらくすると一ゲルジョクが入ってきて、酸がすでに流れだし、かなりの被害が出たことを報告した。通信システムの大部分が麻痺しているという。

サウパン人はそれを聞いて、カナスクの拷問をつづけるよう指示した。さらに情報を引きだそうとしたのだが、かれはすでに決定的なミスをおかしていた。生かしておく気はないことを明かしてしまったのだ。

カナスクは拷問に耐えた。

「自転する虚無に投げこめ」と、ラウデルシャークがとうとう命令する。

部下たちが化学者を引きずりおこし、宇宙服を身につけさせた。ドームを出て、搭載艇に乗りこみ、スタートする。

カナスクは無言だった。

その目は輝いていたが、気づく者はいない。かれが勝利にひたっていることを知らないまま、一行はフロストルービンのはずれに到達。そこでカナスクを外に出し、牽引ビームを使って自転する虚無にほうりだす。

フィゴ人は笑い声をあげた。

「ばかどもめ。あわれな奴隷たち」

やがて自転する虚無の力場がかれをとらえる。テレポーテーションと見まごうばかりの加速がはじまり、一秒後、その姿はフロストルービンのなかに消えていた。

かれを運んできた二名のゲルジョクは基地にもどっていった。カナスクの最期の言葉のことなど考えもしない。

かれらがラウデルシャークに警告することはなかった。

ギロッドはハルト人の前に立ち、なにを見すごしていたのか考えた。だが、思いあたることはない。

「説明してもらいたいな」と、口ごもりながらいう。

だが、イホ・トロトはかれをふたつの手でつかんで持ちあげ、胸もとに抱きよせた。のこる二本の腕をかれのからだにまわす。

「死んでしまう」フィゴ人は息を詰まらせた。「イホ・トロト……気はたしかか？」

ハルト人はそのまま一通廊に突進していく。ギロッドは肩ごしに、三つのドームがある洞窟を見やった。

＊

基地から多孔質の岩に向けてはなたれる赤いエネルギー・ビームははげしさを増している。その光のなかに、脇通廊から出てきた、ずんぐりしたアウエルスポールの姿が見えた。究極の存在は一歩ごとに苦労して前進しているようだ。反重力装置にとりかこまれ、明らかに動きを阻害されていた。腕を振りまわして装置をとらえようとするが、逃げられてしまう。からだからつねに一定の距離をとるよう、イホ・トロトが巧妙にプログラミングしているせいだ。手を伸ばせば、装置は後退する。かれが後退すれば、背後にある装置は後退し、前面の装置はかれを追いかける。

影を相手に鬼ごっこをするようなものだ、と、ギロッドは思った。だが、ハルト人はなぜこんなに興奮しているのだろう？

赤いビームはアウエルスポールにも命中しているが、痛痒《つうよう》を感じているようすはなかった。

「あのビームはなんだ？　なにが起きている？」フィゴ人はたずねた。

「あんな反重力装置程度でブルーに輝く物体を動かせると、本気で思っていたのか？」トロトが反問する。「あの物体のうしろにはとてつもないエネルギーがかくれている。動かそうと思ったら、いわばこの基地をまるごと動かすくらいの力が必要なのだ」

トロトは振りかえり、アウエルスポールのようすをうかがった。敵はまだ反重力装置に苦戦している。

「アウエルスポールがときどきテレパシー的にわたしの動向を察知できることはわかっていた。だから、だますことにした。わたしを死の予感で抑圧しようとしたから、それに狂乱の発作で対抗したのだ」

「あれは芝居だったっていうのか？」ギロッドが驚いてたずねた。「本気としか思えなかったが」

アウエルスポールは動きをとめ、ふたりを見つめている。

「すべて演技だった」アウエルスポールが近くにいても、ハルト人は気にならないようだ。「究極の存在が知らないしかけを施すあいだ、きみにはしばらくひとりになってもらうしかなかった。ドームのエネルギー炉を事前にプログラミングし、この時間に合わせておいた。いま、ドームから全エネルギーがふたつのブルーの物体に流れている。目玉と呼んでいるが、もちろん、目玉などではない」

「なんのためだ？　なにをする気だ？」

「数秒もすればふたつの目玉は引き剝《は》がされ、エネルギーが逆流をはじめるはず。わたしの考えが間違っていなければ、だが」

トロトはおもしろい冗談でもいったかのように笑い声をあげた。

「逆流？　どこに？」と、ギロッド。

「どこだと思う、ちびさん？」トロトがまたしても笑い声を響かせる。「あそこに浮遊している反重力装置の輪の中心だよ」

咆哮が空間を震わせ、トロトとギロッドのからだを揺るがす。

アウエルスポールが両手を上に突きあげた。両目に脅すような光が宿る。すさまじく強大な精神エネルギーの奔流が叛逆者二名に襲いかかった。ギロッドはそのあまりのはげしさに意識を失い、イホ・トロトはかろうじて踏みとどまった。

「やめろ、ハルト人！　やめろ！」アウエルスポールが叫ぶ。

宇宙の深淵が見えた気がして、トロトは身震いした。その刹那、かれは究極の存在とはなんなのかを理解した。自分が矮小《わいしょう》な、とるにたりないものに思えたが、やったことに後悔はない。宇宙の悪のすべてがこの存在のなかに凝縮されていることもわかったから。まるで時の経過とともに、すべてのネガティヴなものがそこに強大な力を集中したかのように。この存在にはセト＝アポフィスさえ恐怖するだろう。あるいは、トロトが瞬間的に感じたものこそ、超越知性体の感覚だったのではないだろうか？

息をあえがせながら後退する。

ブルーに輝く光芒が二本、通廊の奥の闇のなかから急接近してきた。

〝目玉〟だ。

それはまるでエネルギー・ビームのようにすばやく突っこんできて、反重力装置の輪の中心にいるアウエルスポールのからだを貫いた。

トロトは背《そびら》を返し、全力でその場から脱出した。

それでも充分には逃げきれない。地獄が口を開いた。灼熱の塊りが頭上を飛びまわり、岩が崩れ、かれがいた通廊が崩壊する。

ハルト人とフィゴ人は岩屑の下に埋まった。トロトはすでに細胞構造を転換していて、傷つくことはない。かれは自分のからだと腕と脚で一種のおおいをつくり、ギロッドを保護した。

しばらくは前後左右に揺さぶられたが、たいしたことはない。

ただ、アウエルスポールに近すぎるのではないか、と、不安になった。とてつもないエネルギーが押しよせてくるはずだから。同時に、はなたれた光が到達したとき、トロトはもうギロッドを守りきれなくなっていた。

だが、幸運に恵まれた。

岩はそれほど熱くなっておらず、崩落もすぐにおさまったのだ。

「まだ生きてるか？」ギロッドがたずねた。

「きみと同じようにな」と、ハルト人。「だが、アウエルスポールはもう生きていない」

「たしかなのか？」

「まちがいない」

「それで、われわれは？　いつまで生きていられる？」

「いずれわかるだろう」

ギロッドがすこしでも楽な姿勢をとろうと、もがくのがじゃまだった。ひとりなら、もっと早く岩崩れのなかを抜けられたはず。だが実際には、フィゴ人を押しつぶさないよう、しょっちゅう注意していなくてはならない。

二時間以上してようやく、自分が自由に動けてふたりぶんの場所がある、ちいさな洞窟が見つかった。トロトはほぼあらゆる手をつくしたが、ギロッドは力つきる寸前だ。ハルト人は即座にかれを肩にかついだ。

「さ、ギロッドス」と、機嫌よく声をかける。「上に行くぞ。エチンラグがいまでも状況を把握しているといいのだが」

入り組んだ通廊をなんなく通過し、プラットフォームの表面にもどる。クルウンの搭載艇が岩のあいだにかくれているはず。

百キロメートルほどはなれて、セト＝アポフィスの基地がひとつあることもわかっていた。大きな震動が感知されただろう。だが、警報が発令されたとは考えていない。浮遊している物質片がプラットフォームに衝突して震動が生じるのは、めずらしいことではないから。

「艇に異状はなさそうだ」と、ギロッド。「おろしてくれ。ひとりで歩ける」

トロトがはなすと、フィゴ人は羽毛のようにしずかに床におりたった。

搭載艇はトロトの赤外線視力でもほとんどそれとわからない。ただ、自分たちと小型宇宙船のあいだに立つエチンラグの姿ははっきりとわかった。

「どうした？　なぜクルウンだけをのこしてきた？」と、トロト。

「緊急信号を受信したから」サウパン人が答える。「クルウンはのこしてくるしかなかった。あなたたちを助けるのが先決だ」

「緊急信号など発信してないぞ」ギロッドが疑わしげにいう。「エチンラグ、なにをした？」

トロトは反重力装置で上昇し、岩の割れ目に飛びこんだ。フィゴ人もすぐにそれにつづく。

だが、エチンラグはためらった。

クルウン艇の機首から閃光がほとばしる。熱線がサウパン人を打ち倒した。艦長のグコルと神官のトカルは、さらにトロトとフィゴ人のかくれ場を砲撃してきた。岩が赤熱《せきねつ》する。次々とはなたれる熱線は、岩を溶かして溶岩流を発生させた。

だが、トロトとギロッドはもうそこにいなかった。割れ目にとどまったりはせず、入り組んだ岩陰に身をかくしながら、小型宇宙船から遠ざかる。

ハルト人は手で合図して、ギロッドにしゃべるなと伝えていた。

叛逆者二名はプラットフォームの下方深くにのびるシャフトに飛びこんだ。脇通廊に逃げこんで安全を確保し、トロトの宇宙服の計器でクルウンが飛びさったとわかるまで身をひそめる。

「クルウンたち、エチンラグをだましたんだ」フィゴ人が苦々しげにいう。「トリックで搭載艇の外に出して、われわれの帰還を待ったんだな。三人まとめて砲撃で殺す気だったんだろう」

「サウパン人がそんなトリックに引っかかったのが不可解だ」と、トロト。「グコルとトカルが隙をうかがっているのは、わかっていたはず」

「われわれもきびしいことになった」ギロッドの口調はまるで他人事のようだった。

「補給はすませてあるから、二、三日なら宇宙服のまま生きのびられるが、その先は苦しくなるな」トロトがいう。

「ここは危険を冒すしかない」と、ギロッド。

「危険？　なんのことだ？」

「近くの基地に飛んでいって、もぐりこむんだ。内部のようすはわかってる。かくれ場はたくさんある。そこで小型宇宙船を調達できれば、もっといい」

トロトは笑い声を響かせた。

「気にいったぞ、ちびさん。きみが楽観的でよかった」

＊

ビヴァリー・フレデンとアンドレイ・ソコニクは岩の亀裂のなかで黒い宇宙船をやりすごした。そのあとソコニクが物質片にそって、ふたたびネットが見える位置まで移動した。

テレカムで声をかける。

「ビヴァリー、急いでこっちに」

「どうかしたの?」彼女は勢いこんでたずねた。

ソコニクは答えず、ただ手を伸ばして、彼女を引きよせただけだった。そのからだを勢いよく回転させたため、彼女は手がかりを失い、物質片からはなれて漂いだした。ソコニクは幸せそうに笑っている。その理由を告げる必要はなかった。ビヴァリーにもすぐにわかったから。

輝くネットが近づいていたのだ。すでに視野のほとんどを占めるほどになっている。

「スタックが迎えにきたんだわ」ビヴァリーがいった。

ソコニクはからだを回転させ、手がかりを探した。スペース＝ジェットが目に入った。ネットの光を反射して、銀を流したかのように輝いている。ぐるぐる回転しながら、ちいさめの物質片に何度も衝突していた。

「ジェットが」ソコニクが心配そうにいう。「なんとかしないと、どこかに漂流していってしまう」

「ほうっておけばいいわ」ビヴァリーは歓喜に満たされていた。「あとしばらくでスタックに着くんだから。スペース＝ジェットがなんだっていうの?」

「爆発でもしたらまずいだろう」そういいながらも、そんな可能性は信じていない。

「スタックのすぐ近くで爆発させたいのか? どんな影響があるかわからないのに?」

「たしかに、その場合、なにが起きるかわからないわね。悲惨な結果になるかもしれない」

飛翔装置を使い、スペース＝ジェットに接近する。回転しつづけているので、乗りこむのはひと苦労だった。何度か失敗し、なんとか艇内に入る。ソコニクはビヴァリーとともにエアロックを通過し、司令室に急いだ。巧みな反重力機動で、物質片に再度衝突するのを回避する。

「アンドレイ、アンドレイ」ビヴァリーが呼びかけてきた。「目は見えてる？　あれが見えないの？」

かれは顔をあげ、装甲透明キャノピーごしに外を見た。

光り輝くネットが視界の全面をおおっていた。無限にひろがっているかのようだ。

ソコニクは魂の底から身震いした。

「スタックだ」と、目を輝かせる。「到着したんだ」

どうにか艇を安定させ、計器を確認すると、スペース＝ジェットがきわめて危険な状態にあることがわかった。エンジンもそうだが、ポジトロニクス操縦装置がはげしく損傷し、とても修理できそうにない。《バジス》の専門家ならなんとかできるかもしれないが。

いずれにせよ、同じことだ。考えていてもはじまらない。いまのかれにとって重要なのは、スタックに被害をおよぼさないことだけだった。

ビヴァリーの手を握る。彼女は遠くを見つめるような目つきをしていた。スタックに到達した人類は自分自身を理解することができるという、ウェイデンバーンの言葉が思い浮かんだ。

「やったぞ、ビヴァリー、やり遂げたんだ。われわれ、到着したんだ」

彼女の唇が動くのが見えたが、声は聞こえなかった。

「この証拠を、エリック・ウェイデンバーンの言葉を信じない地球の連中に見せてやりたいな。真実だとわかっていたが、それを証明することができなかった」

ソコニクは期待していた……おだやかにべつの存在形態に移行し、それによって名状しがたい偉大なものが自分のなかに生じることを。

だが、そうはならなかった。

7

　イホ・トロトは鋭くそびえたつ岩の陰にうずくまり、身をかくしていた。影のようにつきしたがうギロッドが、そのそばによりそう。どちらも岩のあいだから闇のなかを見つめていた。

「まるで、くるのがわかってたみたいだな」フィゴ人がいった。

　かれらの前には展望のきかない奇抜な風景がひろがり、そこに無数のロボットが配置されていた。丘の上に立ち、急斜面にしがみつき、平地では切れ目のない鎖のようにならんでいる。その背後には数隻の小型搭載艇が見えた。

「引き返そう」トロトがいった。「ここは進めそうにない」

　目的の基地まで半分ほどの道のりをこなしていたが、到達するのはどう見ても不可能だ。

　トロトは大きく弧を描いてロボットの群れを迂回しようとしたが、やはり同じこと。不可能だった。

「しかたがない。物質片の上に登って、跳びうつって進もう。放棄された宇宙船か、べつの基地が見つかるかもしれない」

ギロッドは反対しなかった。かれが発したいくつかの言葉から、楽観主義をまだ捨てていないのがわかった。

飛翔装置を使って上昇し、プラットフォームの弱い重力場から出たあと、基地からはなれる。二十キロメートルほど移動すると、巨大な物質片があった。直径は十五キロメートルほどもあり、ちいさな衛星といってもいいくらいだ。その表面にそって進み、べつの瓦礫に跳びうつる。たいした力は必要なかった。

プラットフォームから充分はなれると、物質片から物質片に苦もなく跳びうつれるようになり、ふたりはますますプラットフォームとその上の基地からはなれていった。やがて周囲は瓦礫ばかりになり、基地はまったく見えなくなった。

「宇宙船もほかの基地も見つからなかったら、どうするんだ?」ギロッドがいきなりたずねた。

トロトは笑い声をあげ、

「それでも問題はない」と、答えた。「わたしは周囲の物質を食べて、酸素に転換できる。きみが呼吸するくらいの量はすぐに確保できる」

「ああ、なるほど」フィゴ人はため息をついた。

ハルトの巨人が本気でいっているのか、冗談のつもりなのか、判断がつかない。だが、たずねることはしなかった。とにかく窒息死することはなさそうだ。

「おい、あれはなんだ？」半時間ほどして、ギロッドが声をあげた。「あそこでなにか光ってる」

数メートル先行していたトロトは振りかえり、大きく張りだした物質片の上に着地した。ギロッドが気づいた光に目を向ける。

「網みたいだな」フィゴ人が驚いた顔でいう。

はるか遠くの宇宙空間に、ネットのようなものが浮かんでいた。物質片と物質片のあいだに張りわたされている。見えているのは一部だけで、トロトは全長が数キロメートルはあるだろうと判断した。

「もっとよく見てみたい。行こう」

すばやくフィゴ人のからだをつかみ、次の物質片に跳躍する。かれは謎のネットが消えてしまうのを恐れるかのように、しだいに速度をあげた。ネットは向こうからも近づいているらしく、急速に大きくなった。

「見たか？」と、フィゴ人。「はしのほうに宇宙船が何隻もいる。ネットを牽引してるみたいだ」

ほんの数秒間、物質片のあいだの隙間が大きくなり、ネットの全容が見えた。たしかに巨大だ。物質片をとらえて、一ヵ所に集積しているらしい。すでに瓦礫フィールドのかなりの範囲を掃海してきたようだ。

「ネットを牽引している船は、すくなくとも三十隻はいるな」ふたたび視界が閉ざされると、ギロッドが感心した口調でいった。

「セト＝アポフィスにとって、重要なものにちがいない」

「きっとそうだ」

叛逆者ふたりは顔を見合わせた。

どちらも相手の考えはわかっている。

「わたしに遠慮する必要はないぞ」と、ギロッド。

「わたしと行動をともにする義務はない」トロトが指摘する。

フィゴ人は笑った。

「ご親切にどうも」と、からかっていう。「どちらも考えていることは同じだ。われわれの時間は尽きかけている。だったら、徐々に衰弱してどこかでのたれ死ぬよりも、もう一度全力で戦ったほうがいい」

「あのネットに突っこんで、損害をあたえようと思う」

「そう聞いてもまったく驚かないね」

「まず、ネットの中心部に接近する。すぐに探知されることはあるまい。捕捉されている物質片のあいだにかくれれば、うまくいくだろう」

ギロッドはちいさく喉を鳴らすような音をたてた。おもしろがっているようだ。

「わたしが背後を守ろう」

ハルト人は思わずうめき声をあげた。

「よく考えろ、ちびさん。わたしは自分の身を充分に守れる。きみはそうじゃない」

「わたしがあなたより劣っているって？　本気でいってるわけではないだろう」

「きみはここで待機して、観察していればいい。わたしが危機におちいったら、そのとき介入するんだ」

「いっしょに行く」フィゴ人はいいだしたら、きかなかった。

「いいだろう」トロトが譲歩する。「多少の運があれば、探知されずにネットまで到達することはできそうだ。コンビ銃を分子破壊モードに設定しておこう」

「わたしもそうする」

「ネットを切り裂いてやろう。うまくすれば、亀裂ができただけで自己崩壊するかもしれない。そうなれば理想的だ。目的を達したら、撤退する」

「了解」

トロトは自分の膝までしかないフィゴ人を見おろした。できれば連れていきたくはない。だが、かれはなにもいわなかった。最後の戦いにおもむこうとする友の決意を尊重したかったから。

「そのあと、小型宇宙船を探して乗りこむ」ハルト人は説明をつづけた。「搭載艇を一隻奪えれば最高だ。乗員を制圧できれば、多少は希望が見えてくるというもの」

「きっとうまくいくさ」ギロッドはなにも恐れていないようだ。「いつまで話をしてるつもりだ？　さっさと行こう」

そのあいだにも白く輝くネットは接近していた。距離はもう二キロメートルほどで、そのままそこにいれば、すぐにも捕まってしまうだろう。

「行くぞ」と、ハルト人。ちいさめの物質片の集まりが、ネットに接近するまでのちょうどいい掩体《えんたい》となっている。「ぐずぐずするな」

物質片を蹴って、ネットのほうに浮遊する。

ギロッドもあとにつづいた。

「こんなときはアントコがほしいな」と、フィゴ人。

「アントコ？　なんだ、それは？」

フィゴ人はため息をついた。

「説明はむずかしい。とにかく、アントコはすばらしくいいものだ。気分を安楽にして、頭をすこし朦朧《もうろう》とさせてくれる。ときとして、これはとても快適なことなんだ」

＊

衝撃は大きく、アンドレイ・ソコニクはスペース＝ジェットの司令室の反対側まで吹っ飛ばされた。

ビヴァリー・フレデンはぎりぎりでシートに飛びこみ、自動展開したハーネスに守られた。

それでもスタックと思われるネットとの邂逅《かいこう》が肉体にもたらした影響は大きかった。ウェイデンバーン主義者のふたりにとっては、心理的影響がもっとも大きかったかもしれない。輝くネットが探しもとめるスタックではなく、まさしく見た目どおりのものだ、と、いきなり理解したのだ。それは漁網だった。

スペース＝ジェットが引きよせられていく。とてつもない牽引力が艇をとらえ、網から逃れることができない。

ソコニクは懸命に抵抗した。からだが床に押しつけられるのは、大きな加速度のせいだろう。だが、ネットは相《あ》いかわらず、ごくゆっくりとしか動いていない。

息を切らしながら操縦席に這いあがる。目の前が暗くなり、意識を失うのではないかと思ったが、なんとかシートにおさまることができた。肉体にかかる圧力もそれ以上ひどくはならないようだ。

「スタックじゃなかったの？」ビヴァリーが泣き言をいう。

ソコニクは深い夢のなかにいる気分だった。

「ああ、まったく違う。これはスタックじゃない」

彼女に酷ないい方をしている自覚はあった。かれ自身、ついさっきまで同じように勘違いしていたのだ。だが、そんないい方しかできなかった。魂が失望のあまり叫びだしそうなのだから。

「でも、ウェイデンバーンはここにあるっていったのに」

ビヴァリーは蒼白になり、唇を震わせている。

ソコニクは両手を組んで握りしめ、懸命におちつこうとした。

「いや、そうはいっていない」と、ゆっくりと言葉を押しだす。「スタックは宇宙のどこかにある。発見することはできるだろう。だが、明らかにこれではない。われわれ、いまの存在平面から離脱していないから。魚のように、一種の網にとらえられている」

「でも、やっぱりスタックなのかもしれない。わたしたちが焦《あせ》りすぎなんじゃない？」

彼女は立ちあがった。「外に出てみましょう。そうよ、アンドレイ。それがいいわ。なかにいたんじゃ、スタックに受け入れてもらえないのよ」

「しっかりしろ、ビヴァリー。都合のいい考えに流されず、事実を見つめるんだ。われわれ、間違いをおかした。ここにスタックはない。外に出ても同じことだ。いうまでもなく、宇宙服を脱ぎ捨ててもだ」

探知スクリーンを指さす。そこにはネットだけでなく、それを引っぱる宇宙船の群れも表示されていた。

「捕獲されたんだ。まもなくだれかがやってくるだろう」

ネットには大小さまざまな物質片も引っかかっていた。スペース＝ジェットがそれに押しつぶされないよう、ソコニクは防御バリアを展開した。その直後、いくつもの物質片が折り重なって、小型艇が下敷きになる。ただ、山になるわけではなく、ネットのなかをあちこちに転がっていた。ソコニクがすばやくバリアを張らなかったら、スペース＝ジェットは破壊されていただろう。

ビヴァリーはうなだれて、こぶしを何度かシートの肘かけにたたきつけた。

「ええ、あなたのいうとおりね。わたしは現実を認めたくなかっただけ。ばかだったわ。スタックに着いたっていう考えにしがみついてた。あまりにも魅力的だったから」

「われわれ、まだ終わったわけじゃない。《バジス》と連絡がとれないか、やってみよう」

ビヴァリーは首を振った。どうやらショックからは立ちなおったようだ。

「未知の相手はまだわたしたちに気づいてないかもしれない。通信を試みたら、気づかれてしまうわ。撃ってきたことを忘れないで。またやるかもしれない」

「分子破壊砲でネットに穴をあけて、そこから脱出するのはどうだ」

彼女は弱々しく笑った。

「わたしの気を引きたたせようとしてくれてるのはわかるわ、アンドレイ。でも、もうだいじょうぶ。そんなふうになぐさめてくれなくてもいいの」

「そういうつもりではなかったんだが」

「脱出はできない。ジェットは飛行不能で、もうがらくただから。わたしが忘れたとでも思った？」

かれは曖昧《あいまい》なしぐさをした。いろいろありすぎて、すっかり忘れていたのだ。

「だったら、どうすればいいのかわからないな」

ビヴァリーがまた笑みを浮かべ、ソコニクは彼女がもうおびえていないことに気づいた。

「できることはなにもないわ、アンドレイ。現実を受け入れないと。わたしたち、未知者の捕虜なのよ」

＊

ラウデルシャークはかなりの困難と格闘していた。

イホ・トロトひきいる叛逆者たちは、本人たちが意図した以上の被害をあたえていた。

ラウデルシャークはセト＝アポフィスの命令にしたがうため、ありったけの組織運営能力を動員しなくてはならなかった。

封印を解かなくてはならない！

ラウデルシャークはこの目的をはたすために全力を傾注し、部下全員を督励して集中的に作業に当たらせた。制動物質をもっと生じさせなくてはならない。どんなチャンスも逃すことはできなかった。転換プロセスをじゃまさせるわけにはいかない。

だが、叛逆者たちは執拗だった。

ラウデルシャークはカナスクもふくめた叛逆者たちに個人的な恨みを募らせた。かれらの行動は憎しみを呼びおこした。だからこそ仮借なく追いつめたのだ。

カナスクを処刑したことは後悔していなかった。基地全体に、破壊工作は厳罰に処すると通達もしてある。サウパン人はこれで叛逆者が出なくなることを期待した。

ゲルジョク、ジャウク、フィゴ人、さらにはサウパン人のなかからさえ、セト＝アポフィスに逆らう者が出てきたのだ。たとえ親しい部下であろうと、叛逆者であればそれを暴露しなくてはならない。

破壊工作の対象は一カ所ではなく、数カ所にわたっているだろう。ラウデルシャークは化学者カナスクがすべて白状したというゲルジョクの報告を聞いても、安心してはいなかった。

休息時間中、カナスクが用などないはずの区画にいたことを思いだす。なにかあるにちがいない！　かれはそう思った。同時に、カナスクがジャウクを殺した直後、自分たちがその近くで〝ネット〟について話していたことを思いだした。それだ、と、衝撃とともに悟る。カナスクは捕獲ネットを使うことを知っていた。それを妨害しようとしたのだ。

サウパン人がいるのはドーム最上部にある執務室だった。目の前にはいくつものモニターがならび、それを通じて基地内のさまざまな区画や、瓦礫フィールドにあるネットの動きを監視できる。

ネットに異状はなかった。配置した宇宙船に牽引され、妨害を受けたようすはない。だが、なにがあるかわからない、と、ラウデルシャークは思った。突然なにかが起きて、カタストロフィにおちいるかもしれない。

インターカムで保安要員を呼びだすと、かれは勢いよく立ちあがった。

＊

イホ・トロトとギロッドは物質片の陰にかくれながら、急接近してくるネットに忍びよった。

「物質片にはさまれないようにしろ。押しつぶされるぞ」と、トロトが注意する。

「しっかり目を開いてるよ」ギロッドはそう答え、かなりの速度で物質片のあいだを通過する、直径二メートルほどの塊りを避けた。ちいさく悪態をつく。あぶなくぶつかるところだった。

トロトはコンビ銃をとりだし、分子破壊モードにセットして待機した。ネットが近づいてくる。突然、目に見えない力場にとらえられた。抵抗できない力で前方に引っぱられ、ネットに投げこまれる。トロトは意表をつかれた。こうなるとは予測していなかったから。

ギロッドも近くでネットに捕まっていた。身動きできないらしい。

トロトはネットの力に抵抗したが、ゆっくり動くことしかできなかった。

「ギロッド、ちびさん、だいじょうぶか？」と、声をかける。

「だいじょうぶなものか」フィゴ人が苦しそうに答えた。「クモの巣にかかった蠅みたいに身動きできないし、圧力で死にそうだ」

ハルト人には友を助けられないことがわかっていた。近づくことができたとしても、なにもできない。ネットにとらえられているかぎり、フィゴ人は行動できないのだから。

進退窮《きわ》まった。だが、あきらめる気はなかった。

苦労して、分子破壊銃をネットのほうに向ける。ネットは腕ほどの太さの透明なザイル状物質で形成されていた。それがはなつ牽引力は強力で、いまにも武器をもぎとられそうだ。それでもなんとか発射すると、グリーンのビームがネットに食いこんだ。驚いたことに、ビームはたちまちネットを断ち切り、長さ数メートルの切れ目を生じさせた。

「やったな」ギロッドが賞讃する。「わたしのことはいいから、どんどんやれ。できるだけ損害をあたえたあとで解放してくれればいい」

「あとでかならず助ける、ちびさん」ハルト人はそういって、ネットの切れ目にそって這い進み、さらに傷口を大きくした。牽引力が弱まるのは感じたが、すばやく動けるほどではない。次の標的に到達して破壊を開始するのに数分はかかった。

「イホ・トロト」百メートルほどはなれて物質片を切れ目の向こうに押しやっていると、ギロッドが声をかけてきた。「お客さんだ」

ハルト人は振りかえった。檻《おり》のようなものに入った四つの大きな黒っぽい姿が、浮遊して近づいてきている。異生物はずんぐりした楕円形のからだで、短い脚と、異様に長い頸が特徴的だった。まちがいなく鳥型種族だ。

驚いたことに、かれらは檻に似た飛行物体をギロッドに接近させ、かれをなかに収容した。ギロッドは懸命に抵抗したが、どうにもならない。

「見たか、イホ・トロト？　あまり友好的なあつかいじゃない。だが、こいつら、いまに後悔するね」

「すぐに助けるぞ、ちびさん」

「できない約束をするものじゃない、でかぶつ。自分でなんとかする。あなたといて楽しかったって、もういったんだったかな？」

「いや……いっていない。わたしも楽しかった、ちびさん」

「また会えたらうれしいな」

「わたしもだ、ギロッド。きみには感動した」

「わたしはそうでもない。あなたは太りすぎだ」

ギロッドは騒々しい笑い声をあげた。

これがトロトの聞いたギロッドの最後の言葉になった。以後、ふたりが再会することはなく、かれがどうなったかもわからない。

トロトは一物質片の陰に張りつき、発見されないことを願った。

その瞬間、ネットにはげしい衝撃が走り、ハルト人を百メートルほど吹っ飛ばした。かれは腕と脚を大きくひろげ、あらためてネットにしがみついた。自分がつくったネットの切れ目が急激に大きくひろがるのが見えた。もはやネットをつないでいるのは数本のザイル状物質だけだ。数隻の宇宙船がザイルを切りはなし、ネットはふたつに裂けかけている。半分は宇宙空間をおとなしく漂っているが、のこる半分は……トロトはそのはしにしがみついている……はげしくはためいていた。

だが、ハルト人にとり、それはどうでもよかった。

驚嘆の表情でネットを見つめ、ゆっくりと遠ざかっていくのこり半分を目で追う。

幻覚ではないかと思い、何度か目を閉じたり開いたりしたが、やはりまちがいなかった。

ネットにスペース＝ジェットが引っかかっている！

だが、そんなことはありえない。どうすればスペース＝ジェットがこんなところまでやってこられるのだ？

＊

ステーションに警報が鳴り響いた。

ラウデルシャークは一枚のドアの前でためらっている。

もう手遅れなのか？　カナスクは死んでもなお、目的を遂げたのか？

近くでべつのドアが開き、一サウパン人があらわれた。

「ネットです」と、その男が興奮して報告する。「裂けてしまいました。一部は自転する虚無のほうに漂流しています。回収しないと、落下してしまうでしょう。もう一方はこちらに接近していて、基地に衝突しそうです」

ラウデルシャークはなにも答えず、カナスクが使っていた部屋まで駆けていった。ポジトロニクスの中央制御卓の前に立ち、そこに白い雲が湧きあがっているのを見る。

その意味は明らかだ。

カナスクが勝ったということ。ネットを操作する神経中枢のひとつを破壊したのだ。とめることはできない。ラウデルシャークはそう思ってぞっとした。できるのはせいぜい、自転する虚無に落下しようとしている部分を多少とも救いだす程度だ。ついてきていたサウパン人を押しのけ、その横をすりぬけて、基地の司令部に向かう。そこにはもう幹部が集合していた。それぞれ、なにかわめきながら、迫りくる破滅をどうにかしてとめようとしている。

いくつかのスクリーンにはネットがうつしだされていた。

「わけがわかりません」ジャウクの一技術者がいう。「完全に制御不能です。ポジトロニクスが機能していません。ただ、それでネットが裂けるはずはないんです。どうしてこんなことに？」

「宇宙船を引きとめろ。基地に衝突しないように」と、ラウデルシャークが指示する。

「それは避けられそうにありません」同じく技術者のゲルジョクがいう。「加速度とふらつきが大きすぎます」

「撃墜するしかありません」一フィゴ人が騒々しい声で提案。「基地を守るには、それしかないでしょう」

そのとおりだということはラウデルシャークもわかっていた。そこまで仮借ない手段をとって、ようやくある程度の成果が得られるのだ。だが、やはり撃墜命令をくだすのは気が重かった。とてつもなく貴重なネット構造物を、なんとかして救えるのではという思いもある。

「反重力装置を投入する。反重力プラットフォームをすべて作動させ、ネットをとらえるのだ。牽引ビームも使用しろ。あきらめるわけにはいかない」

「いままでなにもせずに手をこまねいていたと思うんですか？」ゲルジョクが憤然といいかえした。「すべてやってみました。牽引ビームもネットをとらえています。その結果があれなんですよ」

8

イホ・トロトはネットの半分を見やった。それは……予想どおり……自転する虚無に落下しようとしている。

スペース＝ジェットの乗員には何度も呼びかけているが、応答はなかった。

なぜだ？　どうしてスペース＝ジェットは、裂けたネットのもう一方の側にいる？　なぜ同じほうにいないのだ？　それなら助けられるのに。

テラの搭載艇が大きな物質片の陰にかくれる。トロトは振りかえった。

驚いたことに、かれはネットごと、すくなくとも十個のドームがある基地に向かって投げだされていた。ドームのそばには形状も大きさもさまざまな宇宙船が数隻ならんでいる。うち二隻がネットを受けとめようと待機していた。

数百台の反重力装置が上昇し、ネット構造物に突進してくる。ネットからは捕獲した物質片がすくなくとも二十個ほど分離していた。

トロトはネットの牽引力が以前よりも弱まっているのを感じた。ネットを押しやり、輝くザイルから数メートルはなれる。急いで宇宙服の飛翔装置を作動させると、ネットと平行して飛ぶことができた。網目を通過して反対側に出ようとしたが、通過できない。網目の大きさは充分あるのに、目に見えない力に押しかえされてしまう。

ネットのはしまで移動したとき、基地までの距離はあと一キロメートルほどだった。ネットの速度は落ちていたが、それでもまだかなり速く、ドームに衝突するのは避けられそうにない。

質量が二トンほどありそうな物質片が一ドームに衝突した。宇宙船が退避しはじめる。ネットとそのなかの瓦礫に向かって砲撃が開始された。熱線がトロトから数メートルのところをかすめ、かれは思わず横に飛びのいた。ちいさめの物質片にぶつかり、加速がついてしまう。

かれはドームに向かって落下しはじめた。

飛翔装置で落下をとめようとする。細胞構造を転換しているので負傷の心配はないが、飛翔装置が反応しなかった。

なすすべもなく、ドームに突っこんでいくしかない。

トロトは足を先にして、一ドームに急接近した。

「ギロッド、聞こえるか？　ギロッド？」

テレカムで呼びかけるが、フィゴ人から応答はなかった。

テレカムを切り、衝撃にそなえる。四本の腕をひろげ、ドームと接触する面積をできるだけ大きくした。できたのはそこまでだ。トロトはドームの壁を突き破った。照明された部屋を次々に突破し、マシンや家具類を破壊し、最後に赤い液体で満たされたタンクに突っこんでとまる。息をあえがせながらタンクから這いだすと、驚いているサウパン人を尻目に、扉など無視してふたたび宇宙空間に飛びだした。

基地の外はなんともいいようのないカオスだった。数百名のゲルジョク、サウパン人、ジャウク、フィゴ人が、迫りくるネットを前に安全な場所を探してぶつかり合い、右往左往している。あと先を考える者はおらず、あちこちで暴力沙汰が起きていた。

なにをぐずぐずしているのか。

トロトは接近してくるネットを見て、床に身を伏せた。

そこまでだった。

ネットが衝突し、ドームやまだスタートしていなかった宇宙船を粉砕した。プラットフォーム上の反重力装置が吹っ飛び、巨大な物質片が降りそそぐ。セト＝アポフィスの補助種族は大量にその犠牲となった。

トロトははげしい衝撃を感じた。ネットのザイルが背後からぶつかったのだ。負傷はしなかったが、その重みで下に押しつけられ、自力ではすぐに脱出できそうにない。

さいわい、コンビ銃はまだなくしていなかった。なんとか武器を手にとり、銃口をザイルに向けることに成功。発射すると、数秒で自由になることができた。

見るとドームは三つが完全に破壊され、周辺の技術装置類もネットの下敷きになっていた。まるで、巨大な布を基地の上にかぶせたようだ。

ただ、トロトは基地の損害に興味がなかった。損害が大きいほうがよろこばしいというだけだ。

気になるのは、自転する虚無に落下しようとしている、もう半分のネットに引っかかっていたスペース＝ジェットだった。

救出しなくては！　トロトは胸をたたいた。ほかのことはどうでもいい。いまはこれが最優先だ。

ネットをよじ登るが、さまざまな強度の力場にとらえられ、何度も下に転がり落ちる。だが、かれはそのたびに立ちあがった。

まだ使える反重力装置を倦《う》むことなく探しつづけ、とうとうほぼ無傷の一プラットフォームがふたつの物質片のあいだに埋もれているのを発見。

トロトはその部分のネットに穴をあけ、慎重にプラットフォームを引っぱりだした。

調べてみると、操縦可能とわかる。

乗りこんで、スタートする。無傷のドームからロボットやゲルジョクやフィゴ人が出てきて、生存者を捜索しているのが見えた。プラットフォームを操縦するトロトに気づいて撃ってくる者もいたが、命中はしない。

ハルト人は笑い声をあげ、急いでカタストロフィの現場をはなれた。

「これ以上ないなりゆきだ」と、声に出していう。

かれはマシンを最高速度まで加速し、もう半分のネットが漂っていったほうに向かった。牽引していた宇宙船はネットをとめられなかったのだろうか、と、不思議に思う。多数の物質片が動きまわって視界をさえぎるため、ネットが自転する虚無にどこまで接近しているのか、よくわからなかった。

反重力プラットフォームの挙動も完全ではない。思いどおりに操縦できないことがたびたびあり、反応がひどく遅かったりもする。

カバーをはずして故障個所を修理しようとしたが、うまくいかなかった。あたりが暗くてよく見えないし、マシンのポジトロン部品をチェックする機材も手もとにないから。

そこで、トロトは操縦に集中した。速度が落ちてくるとエンジンを再始動し、瓦礫フィールドの複雑な重力環境を利用して前進する。

およそ半時間が経過した。

目の前の大きな物質片ふたつが左右に分かれ、ネットが見えた。

砲弾形の大型宇宙船が引っかかっている。かなり損傷しているらしく、自力では脱出できないようだ。ほかの宇宙船の異人やロボット数百体が蝟集《いしゅう》して、難破船を救出しようとしていた。

そこから二百メートルもはなれていない位置にあるスペース＝ジェットには、だれも関心をしめしていない。

スペース＝ジェットの存在は説明がつかなかった。仮説はいくらでも考えつくが、どれも説得力があるとは思えない。

セト＝アポフィスが太陽系からあらたな工作員を調達した？　あるいは、ハルト人と同じく、巨大なエネルギー渦に巻きこまれ、航続距離の数百万倍の距離を運ばれてきた？

それとも、セト＝アポフィスの一補助種族が開発した宇宙船が、まったくの偶然で、細部までスペース＝ジェットそっくりだったのだろうか？　これまでも宇宙のさまざまな異種族と出会ってきたトロトは、多様な宇宙船を目にしたことがある。だが、これほどの類似性は見たことがなかった。ゆえに、この仮説も却下する。

となると、乗員はテラナーしか考えられない！　トロトはそう思った。どうやってここまできたのか、ここでなにをしていたのか、知らなくてはならない。

異人も、ほかの宇宙船も無視した。だれもが難破船の対応で忙しく、攻撃してくるとは思えなかったから。

かれらにとり、わたしはそこまで重要ではない。そもそも、向こうはわたしがだれなのかも知らないだろう。

＊

ビヴァリー・フレデンはほっと息をついた。アンドレイ・ソコニクが、何度か失敗をくりかえしたあと、スペース＝ジェットの反重力発生装置を修理し、機内重力が一Gで安定したのだ。

彼女はぐったりとシートにからだを沈めた。

「まだなんとか脱出できるかもしれないわ。もう一度エンジンを見てみない？」

「いや、それは無意味だ」ソコニクが答える。「修理できる見こみはない」

「わたしが見てみるわ」司令室を出ていった彼女はほんの数分でもどってきた。無言で首を振る。やってみたが、どうにもならなかったということ。

「ほら見ろ。大型の宇宙船も網にかかったままだ。一隻も脱出できてない。数百体のロボットや乗員がネットにとりついて作業している。ずいぶん急いでいるようだ。どうしてさっさとネットを切り開かないんだろう？　なんであんなにあわてているんだ？　わたしがなにか見落としているのか？」

ビヴァリーはモニター画面の前に行き、外側カメラを操作して映像に見入った。

「いいえ。あっちはまるで、いまにも宇宙船が失われるっていうくらい興奮した状態ね」

「ネットごとどこに運ばれていってるのか、見たほうがいいのかもしれない」

ビヴァリーは驚いてソコニクを見た。いまのいままで、自分たちの身に危険が迫っているかもしれないとは考えもしなかったのだ。この宙域に恐れなくてはならないものがあることをしめす徴候などなかった。それでもソコニクの言葉にしたがい、カメラで周囲のようすを探る。遠距離探知と組み合わせることで、闇のなかからはっきりした映像が浮かびあがった。

数キロメートルはなれた宇宙空間に扁平な物質片が浮かんでいる。長方形で、長さ十キロメートル、幅四キロメートル、厚さは数百メートルといったところだ。

その向こうにあるのは……虚無だった。

スイッチを切ろうとしたとき、物質片の一部が分離して、すさまじい速度で虚無のなかに消えていった。

「なにかしら？」

「わからない」と、ソコニク。「なにかの力がプラットフォームの一部をもぎとったようにしか見えなかった」

両手を画面上の黒い虚無に這わせる。

「あと数分で、われわれもあのプラットフォームの位置に移動するはず。ビヴァリー、脱出しないと、のみこまれることになる。だから異人の宇宙船もあんなに焦っているんだ。あの不気味なものにつかまってしまいそうだから」

「救援を要請しないと」

彼女はテレカムの前に行き、スイッチを入れた。ポジトロニクスが異人の使う周波を測定し、ビヴァリー は救難信号を発信した。何度かくりかえすが、応答はない。

「ビヴァリー、きてみろ」ソコニクがいきなり声をかけた。

「どうしたの？」

「いいから」声にいらだちがまじる。「わたしは夢を見ているか、正気を失ったようだ」

ビヴァリーはかれのそばに行き、同じように装甲プラストのキャノピーごしに外を見た。

「わたしの目がたしかなら、あそこに搬送プラットフォームがあって、その上にハルト人が乗っている」と、ソコニク。

「ほんとうだわ」ビヴァリーも驚いていた。「でも、そんなはずがない。ここにハルト人がいるなんて。《バジス》の乗員にハルト人はいなかった。それはまちがいないわ」

「同感だ、ビヴァリー。でも、あそこに実在していて、しかもまっすぐこっちに向かってくる」

「合図を送らないと、アンドレイ……発光信号を。こっちにこようとしてる。わたしたちが乗っているのがわかってるんだわ」

「この状況で、どうしてわかったんだろう？」ソコニクは笑った。「テレカムで呼びかけてみよう！　通常周波で連絡できるはずだ」

かれはテレカムに向かった。

「ハルト人、姿が見えています。こちらはスペース＝ジェットの艇内にいて、助けが必要です。どうかここから出してください」

スピーカーからとどろくような笑い声が響いた。

「わたしがなにをしにきたと思っている？　きみたちはだれだ？　ここでなにをしていた？　スペース＝ジェットで、どうやってこんなところまでやってきた？」

「もちろん、スペース＝ジェットできたわけじゃありません」ビヴァリーが答えた。

「《バジス》からきたんです」

「《バジス》から？」

ハルト人の反問は歓喜の叫びのようだった。あまりの声の大きさに、スピーカーが音割れを起こした。

「《バジス》が近くにいるのか？　若いの、もう一度いってくれ」

ハルト人がスペース＝ジェットに到着し、ソコニクが下極ハッチを開いた。

「《バジス》は近くにいます。われわれは調査飛行に出ていました」

トロトが反重力シャフトで司令室にあがってくる。

「ちびさんたち」その声は慈愛に満ちていた。「これほどうれしい報告を聞いたのははじめてだ」

「うれしい報告かもしれませんが」と、ソコニク。「残念ながら、このスペース＝ジェットは操縦不能です。なにかに引きよせられていて、艇内にいたら数分以内にのみこまれてしまいます」

そういってモニター画面を指さす。その瞬間、自転する虚無の近くを漂っていたプラットフォームの一部があらたに崩落した。

「かなり近いな」ハルト人がつぶやく。「急ごう。なにがあった？　どこが故障している？　修理できるかもしれない」

エンジン室を見てきたビヴァリーが状況を説明する。

「いちばんひどいのは座標ポジトロニクスです。完全にだめになっていて、交換するしかありません」

ハルト人は反重力シャフトに向かった。

「きみはここにいてくれ」と、ソコニクにいう。「彼女にはいっしょにきてもらう」

「わかりました」と、ビヴァリー。

「プラットフォームを観察していろ。近づきすぎたと思ったなら教えてくれ。その場合はべつの方法を考えなくては」

「あなたはだれです？」ソコニクがハルト人にたずねる。

黒い巨人はおもしろがるような視線を若者に向けた。そんな質問をされるとは、予想もしていなかったようだ。

「イホ・トロトだ、もちろん。ほかにだれがいる？」

「イホ・トロト」と、若い男。「地球では、セト＝アポフィスの工作員だといわれていますが」

「一時はたしかにそうだった。おちつけ、ちびさん。いまはもう解放された」

そういって、エンジン室へとシャフトを下降する。

ソコニクはいわれたとおり、司令室にのこった。不安そうにモニター画面を見つめ、死のゾーンが近づいてくるのを眺める。ハルト人がエンジンを修理できるという確証はなかった。かれが乗ってきた反重力プラットフォームでは、安全なところまで逃げられないのもわかっている。すでに吸引力に巻きこまれ、それはいまも強くなりつづけているのだ。

あの鳥型生物も、砲弾形艦を脱出させることができなかった。巨艦からは数千名が退去していた。パニックに駆られて逃げだしたのだ。

ソコニクにとって、意気のあがる話ではない。むしろ、チャンスが急速にしぼんでいくのがわかるだけだ。てのひらが汗ばみ、かれは何度もそれを太股《ふともも》で拭《ぬぐ》った。イホ・トロトはいつまでかかるのだ? もう手遅れだと、認識していないのか? 恐ろしい考えが頭に浮かんだ。

ハルト人に関するニュースのひとつを思いだしたのだ。イホ・トロトが狂乱して暴《あば》れまわったというニュースがあったのでは? テラニア・シティの美術展で大暴れして、貴重な芸術作品を破壊したのではなかったか?

〝イホ・トロトは明らかに正気を失ったようです〟と、レポーターがいっていたはず。その後、ハルト人は地球から逃げだした。セト=アポフィスの工作員になったのだ。

「人類の友が、人類の敵になったということ」ソコニクはつぶやいた。「正気ではないのだ!」

立ちあがり、棚からブラスターをとりだす。だが、そのとき、死を目の前にして滑稽な、という気分になる。かれはシートにもどり、ぐったりとクッションに沈みこんだ。武器は手ばなさないままだ。

われわれ、狂人に助けをもとめたのか。そう思って目を閉じる。エンジン室でビヴァリーはなにをしているのだろう？　ふと、そんな思いが頭に浮かんだ。

トロトに殺されているのではないか？

エンジン室のドアが開くのがわかった。

ソコニクは不安をおぼえ、武器をあげた。

トロトが先に反重力シャフトであがってきていたら、躊躇なく撃っていただろう。だが、司令室に入ってきたのはハルト人ではなく、ビヴァリーだった。

彼女は笑顔を見せた。

「どうやら修理できたようだって」ソコニクが手にした武器に気づき、表情が暗くなる。「頭がおかしくなったの？　自殺する必要なんてないわ。助かったんだから」

彼女はわかっていない、と、ソコニクは思った。あるいは、ハルト人は正気にもどっているのか？

かれはブラスターを脇に置いた。

司令室に入ってきたトロトが急いで操縦スタンドにつく。指がいくつものスイッチの上を踊るように動きまわった。

ソコニクはまだ、ハルト人がエンジンを修理したと信じられずにいた。だが、やがて次々とランプが点灯し、エンジンが作動していることをしめした。同時に司令室の床が振動するのを感じる。

「もちろん、ポジトロニクスなしでは飛べないけど」ビヴァリーが興奮した口調でいった。「座標ポジトロニクスは停止したままよ」

「それでは意味がないじゃないか」と、ソコニク。

彼女は笑い声をあげた。

「とんでもない！　イホ・トロトが天才だってことを忘れたの？　脳がふたつあるのよ。通常脳と計画脳が。計画脳のほうにはポジトロニクスのような能力がある。平凡な座標ポジトロニクスなんかよりよっぽど高性能なの。さっき説明してくれたわ」

それでも狂っているんだ、と、ソコニクは思った。ビヴァリーの話のとおりだとはどうしても考えられない。とはいえ、トロトに悪意があるようには見えなかった。

そのとき、かれを確信させる出来ごとが起きた。

トロトがスペース＝ジェットを操縦する。スクリーン上を流れる膨大な情報は、人間にはとても理解できないものだ。だがハルト人の計画脳は、実際、ポジトロニクスにも匹敵するものだった。受けとった情報は計画脳に送られ、そこで瞬時に解釈され、一秒もかからずに必要な決断をくだすことができる。

スペース＝ジェットは輝くネットをはなれ、加速した。

ソコニクとビヴァリーは笑いながら抱き合った。

よろこびに浮かれたふたりは、イホ・トロトがほほえんでいることに気づかなかった。

「やっとまた、自由に呼吸ができるようになる」黒い肌の巨人がいった。「《バジス》に到達したら。フロストルービンのことも報告しなくてはならない……」

石の使者

クルト・マール

登場人物

ペリー・ローダン……………………宇宙ハンザ代表
レジナルド・ブル（ブリー）…………ローダンの代行
ジェン・サリク………………………深淵の騎士
テングリ・レトス＝
　　　　テラクドシャン……………ケスドシャン・ドームの守護者
イホ・トロト…………………………ハルト人
ウェイロン・ジャヴィア……………《バジス》船長
テドル・コスマス……………………《ナルドゥ》艦長
ミナー・セディ………………………同副長
ヴァニア・レトック…………………同乗員。首席技術者

1

リジダーズが視線をあげたのは偶然だった。ヘカトイス・クレーターの東の頂上からピンクの光が射し、ぼやけた雲が湧きあがっている。かれは不思議に思って、月の岩のダークグレイの斜面から立ちあがった。なぜ真空中で光が散乱している？

斜面を見おろすと、ギッブス・クレーターの南平地にある小クレーターのなかにルンドの姿が見えた。ルンドが点検しているのは、技師グループが数時間かけて設置した測定ドームだ。純粋な透明エネルギーでできた半球形のドームで、内部には各種装置が集まっている。そこでなにを測定するのか、リジダーズは知らなかった。ルナにまだ測定対象がのこっていることに驚いているくらいだ。

かれらはそんなドームを合計十一個、グライダーの貨物プラットフォームに積みこんだ機器の助けを借りて設置していた。任務の目的はわからないが、リジダーズは気にしていない。現場技師として宇宙ハンザに雇われ、指示された作業を実行するだけだから。ルンドと組むことになったのはうれしかった。気にいっていたのだ。若くて美人で、数日前にテラからきたばかり。かれのことをどう思っているかは、まだわからない。ここでの作業が終わってベースステーションにもどったら、訊いてみるつもりだ。

当面は彼女の銀色の防護服が月の午後の光にきらめくのを見るだけで満足する。ドームの点検は終わったようだ。ルンドは力強い跳躍で小クレーターの壁をこえ、大きくゆったりした足どりで次の目的地に向かう。さらにいくつか点検して、作業は終了。リジダーズは満足そうに、三十メートル先の丘の上に駐機している特殊グライダーに目を向けた。

うなじに不快なむずがゆさを感じ、首を振る。驚いたことに、ピンクの雲が迫ってきていた。ふらつくような動き方で、はっきりした目的などなさそうに……速くなったり遅くなったりしている。しばらく上昇したかと思うと、いきなり月面近くまでおりてくることもあった。大きさを見きわめるのが困難だが、かなり大きいことはたしかだった。ピンクの雲が近づいてくると、内部にはぼんやりした、奇妙なかたちの無数の影が見えた。ぜんぶで千個以上はあるだろう。

ふと思いついて、ヘルメット・テレカムをベースステーションの標準周波に合わせる。

「こちらリジダーズ」すぐに大笑いされるだろうと思った。「ポルレイターを見失ってないか?」

反応は思ったものとは違っていた。

「おい、リジダーズ、いまどこにいる?」興奮した声が早口で応じた。

「どこにいるって? そっちに指示された場所だよ」そのとき、ぴんとひらめくものがあった。「ギッブスの六十キロメートル南、ルナでもっとも荒涼とした場所だ。それで……ポルレイターはどうしたんだ? おかしな雲みたいなものが漂って……」

「リジダーズ、すぐ物陰にかくれろ!」興奮した声がかれの言葉をさえぎった。「ポルレイターがカルデク・オーラを融合させて、クレーター内からそっちに向かっているんだ」

リジダーズは顔をあげた。ピンクの光は二百メートルくらいのところまで迫っている。異生物のアンドロイド活動体の姿もだんだんはっきりしてきていた。

「最後の最後でわたしのことに思いいたってくれたとは、うれしいね」と、うなるようにいう。

「そのオーラは危険だ!」と、ベースステーションからの声。

リジダーズは返事をせず、スイッチを近接通信に切り替えた。振り向いて、ルンドの居場所をしめす輝く光点を探したが、見つからない。

ルンドが消えてしまった!

*

「ルンド、くそ、どこに行った？」リジダーズは叫びながら跳躍し、特殊グライダーに接近した。

「わめかないで」女性のおちついた声がした。「最後のドームのそばよ」

輝く雲はリジダーズに迫っている。かれは驚いて片足で月面を蹴り、脇に跳びのいた。

「気をつけろ、危険だぞ！」

見ると雲はもうクレーターの麓《ふもと》に達していた。電光がひらめき、岩屑が舞いあがる。カルデク・オーラはすぐに月面からはなれたが、接触した部分には、ナイフのように鋭い稜線《りょうせん》に深い切れ目が生じていた。輝きはふらつきながら、グライダーのほうに向かっている。リジダーズは自分の見通しの甘さに悪態をついた。パニックになりながら、思いきり月面を蹴る。長い滞空時間のあと、ようやくふたたび着地。かれの宇宙服は通常の作業用だ。推進機能はなく、飛翔装置さえついていなかった。

身を伏せた瞬間、オーラがグライダーに接触した。音のない爆発が起き、斜面の上に火球がふくれあがる。黒っぽいグレイの雲が、高価な特殊グライダーのあった場所をつつみこんだ。リジダーズがもう一度月面を蹴って別方向に逃げた瞬間、いままでいた場所を人間の頭ほどもある岩が直撃した。ピンクの雲がふらつきながら斜面を乗りこえる。

その背後にまわりこみ、とりあえず危機を脱したリジダーズは、周囲を見まわした。ルンドの宇宙服の銀色の反射が斜面の下に見えた。最後のドームからもどろうとしている。かれは恐怖で喉を詰まらせた。

「逃げろ、ルンド！」と、しわがれた声で叫ぶ。「オーラが見えないのか？ そこからはなれるんだ！」

「どうしたの、リジダーズ？ ルナに危険があるなんて話、聞いたことがないわ」そう答えた彼女の声はおちつきはらっていた。多少の好奇心も感じられる。

「ポルレイターのカルデク・オーラだ」雲が下降しはじめる。どうしてルンドは耳を貸さないんだ？「いいから早く逃げろ。もうすぐにも……」

救えそうにない。手遅れだ。オーラが銀色の光点に迫っている。ルンドは最後の瞬間になって、ようやく危険に気づいたようだ。横に逃げようとして、その姿がピンクの雲のなかに見えなくなる。オーラがふたたび月面に接触すると、岩がちの大地をすさまじい震動が走りぬけた。オーラはすぐにまた上昇しはじめる。だが、接触した場所には直径十メートルほどのクレーターができ、ルンドのシュプールはどこにもなかった。

リジダーズは無理に自分をおちつかせた。

「ルンドがやられたようだ」と、ベースステーションに報告。「オーラにまともに突っこんでしまった」

「いまオーラはどこだ？」と、応答がある。

「東方向に遠ざかっている。ルンドの状況を聞いていながら、いうことはそれだけなのか？」

「おちつけ。もう医療班が向かっている」

リジダーズは斜面をおりきった。カルデク・オーラが穿《うが》ったクレーターのはずれで足をとめる。なにかが聞こえた……遠くかすかな音が。ヘルメット・テレカムの音量をあげると、多少はっきりと聞こえるようになる。浅くとぎれとぎれの、人間の息づかいだ。

「ルンド！」かれは感激して叫び、クレーターのはずれに崩落した土砂《どしゃ》を、狂ったように両手で掘りはじめた。土をすくい、石を脇に投げだし、瓦礫《がれき》をどけ、悪態をつきながら笑い……やがて、ぐったりした姿が見えてきた。人間大の岩の陰にかくれていたようだ。その横に膝をつき、そっと仰向けにして、ヘルメットの偏光ガラスごしに顔をのぞきこむ。ルンドは目を閉じていた。銀色の宇宙服の表面は土埃《つちぼこり》におおわれている。

リジダーズは震える手で自分の小物入れを開き、細長いデータ取得用ケーブルをとりだした。ルンドの左肘の内側にあるソケットにケーブルを挿入し、固定する。息を詰め、ヘルメットが受信する信号音にじっと耳を澄ました。危険な環境で作業をする宇宙ハンザの人員ならだれでもそうだが、かれも各種応急手当の講習を受けており、ケーブルが伝えてくる信号音を聞き分けることができた。

ほっと安堵の息をつく。ルンドの生命徴候は、弱いものの安定していた。細いケーブルをソケットから抜き、小物入れにもどす。

「こんなこと、最初で最後だ、ルンド」と、やさしく声をかけ、「もう二度と、きみから目をはなしたりはしないから」

「いいところをじゃまして悪いな」雑音まじりの声がスピーカーから流れてきた。医療班だ！　ほとんど忘れかけていた。もうかなり近くにいて、近接通信の声が聞こえたようだ。

「ひがむなよ！」リジダーズは皮肉で応じた。「とにかく、早くきてくれ」

＊

ＮＧＺ四二六年二月十五日早朝、テラニア・シティに警報がとどいた。カルデク・オーラにつつまれた総勢二千九名のポルレイターが、それまでの居場所からネーサンの司令センター近くの人工クレーターに向かって、判然としないコースで進んでいるという。首席テラナーのジュリアン・ティフラーはただちにハンザ司令部に向かい、レジナルド・ブルと協議した。自由テラナー連盟と宇宙ハンザの対応をすり合わせておかなくてはならない。

ポルレイターの指揮官であるラフサテル＝コロ＝ソスにピンクのオーラごしに連絡し

ようとしたが、最初の試みは失敗した。オーラは揺れ動き、高度や方角をふらふらと変え、まるで目的地がわかっていないかのようだった。速度は遅く、せいぜい秒速数メートルというところだ。見た目は楕円形の雲のようで、その内部にポルレイターが無重力状態で浮遊しているのがわかった。

ティフラーが到着したときには、ブルが一通信ラボにあったよけいな装置類をかたづけて、危機管理センターを設置していた。数十の情報チャンネルからひっきりなしにデータや報告が入ってくる。それをコンピュータが事前選別し、十四名の情報専門家が最終的に、ブルとティフラーに回送する情報を決定していた。ラボの奥にはガラスで仕切られた一角があり、ティフラーとブルはそこに陣どった。

それでも、この急な動きの意味を解明することはできなかった。《バジス》の帰還にからむヴェガ星系での一件でリヴワペル＝イルトゥ＝リングスが命を落として以来、ポルレイターたちはいささか自信を失ったようだ。そのため、以前にもまして行動が予測できなくなっている。最初の報告によれば、敵対的なようすは見られないとのことだった。カルデク・オーラがふらついて物質に接触すると、その部分は粉砕されるか、ガス化する。ただ、いまのところ、人間や施設に被害はなかった。塵《ちり》におおわれたルナの岩盤が犠牲になっているだけだ。

カルデク・オーラの位置とコースと速度のデータがふたつの画面に表示されている。

さらに3D映像により、薄闇のなかに浮かんだ月の表面上に、オーラの現在位置が明滅する赤い矢印でしめされていた。

　画面の片方のデータ表示が消え、ひとりの中年男の顔がうつしだされた。その表情から状況の深刻さが見てとれる。

「人間とカルデク・オーラが接触した最初の例が報告されました」男は相手の反応を待つ間もなく、言葉をつづける。「フンボルト・ベースステーションの技師二名が、ギッブス・クレーターの南側で〝ニアミス〟したとのことです。その片方が、女性ですが、オーラから二メートルたらずのところにいて、強い放射により意識を失っています」

　ティフラーはじっと耳をかたむけた。

「狙って攻撃されたのだと思うか、マテル？」

「それはありません」深刻な表情の男、マテルが答える。「遭遇したのはまったくの偶然です。技師両名の話と、こちらのグライダーの操縦士が数時間前に語った話は一致しています。オーラは制御不能になっているようで、ふらふら揺れ動いているんです。なかのポルレイターたちは無関心です。敵意はありませんし、こちらを傷つけようともしていません。オーラによる被害は偶発的なものです」

「コロとの連絡は試みているのか？」ブルがたずねた。

「ずっとやっていますが、見こみはなさそうです。ほかには、牽引ビームでオーラをとめるか、せめて方向を変えられないかと思ったんですが」

「結果は？」

マテルは首を振った。

「だめでした。ビームがオーラに触れた瞬間、ジェネレーターが焼き切れてしまいました」

「ネーサンはなんといっている？」と、ティフラー。

「黙りこんでいます」深刻そうだった顔に、ちらりと笑みが浮かんだ。「あっけにとられているという印象ですね」

ティフラーがべつの質問をしようとしたとき、マテルがだれかに呼ばれたかのように横を向いた。ふたたびカメラのほうを向いたとき、その表情は暗かった。

「どうやら事情がわかったようです」

「どういうことだ？」

「オーラのコースがやっと定まりました。垂直に上昇し、速度をあげつづけています」

「目的地は？」

「地球の方角です」

一瞬、衝撃のあまり沈黙がおりた。

やがてブルが身を乗りだした。その手がコンソール上の、黄色く輝く四角いパネルに触れる。

パネルの輝きが変化した。リズミカルに明滅をはじめ、色も白っぽい黄色から、赤に変わりはじめる。甲高《かんだか》い警報音が空気を震わせた。

ハンザ警報だ……

2

光学スクリーンは暗かった。この宙域に光はない。故郷銀河から三千万光年はなれた、銀河間宙域である。

だが、走査スクリーンには数千数万の光点が存在した……闇のなかに点在する宇宙の瓦礫を、ポジトロニクスが表示しているのだ。走査データをコンピュータが処理して、光源があればこう見える、という映像を見せている。

《バジス》は想像もつかないほど広大な瓦礫フィールドのなかを漂っていた。そこは〝自転する虚無〟の前庭で、かつてコスモクラートのリングがかくされていたドゥールデフィルから五十光年のポジションだ。そのリングはいま、ペリー・ローダンが手にしている。本来なら、《バジス》はテラへの帰途についているはずだった。だが、ほんの二、三時間前、行方不明になったと思われたスペース＝ジェット《グロガー》が二名の乗員、ビヴァリー・フレデンとアンドレイ・ソコニクを乗せて帰還し……しかもかれらは、この荒涼とした宇宙の一角で出会うとは思いもしなかった乗客を連れていた。イホ

・トロトである。

《グロガー》からの事前連絡は、とても信じられないという驚きを呼びおこした。スペース＝ジェットは浮遊する岩塊との衝突で傷だらけになり、映像通信はごく近くにくるまで不可能だったが、最初にあらわれた映像は、四本腕のハルト人だった。もはや疑う余地はない。とてつもない運命の導きで、イホ・トロトはフロストルービン近傍にあらわれ……同じとき《バジス》がその宙域にいたのは、まさしく奇蹟だった。

ウェイロン・ジャヴィアはトロトの荒々しい挨拶を思いだし、笑みを浮かべた。身長三メートル半の巨人はよろこびのあまり、ハリケーン十個が荒れ狂うような笑い声を響かせたもの……その前では、ハルト人に比べると侏儒《しゅじゅ》のようなテラナー、ペリー・ローダンが、よろこびと感動に声もなく立ちつくしていた。トロトはいきなりかれを抱きあげ、肩にすわらせた。ローダンは最初、驚いて身をかたくしたが、両のこぶしでハルト人の頭をたたくことで感動を表現した。トロトは呵々大笑《かかたいしょう》でそれに応じ、壁がほんとうに外側にたわんだほどだった。

ビヴァリーとソコニクは驚異的な出来ごとについて司令室で簡潔に報告し、ハルト人が瓦礫フィールドで起きている多くの謎めいた事態について、広範な知識を有していることを明らかにした。ジャヴィアはなんとかしてローダンの注意をこの件に向けさせようとした。再会のよろこびのなかで、重要な事項がなおざりにされると思ったから。だが、遅かった。ローダンとトロトはすでに退出していたのだ。ハミラー・チューブに接続されたコンピュータのあるキャビンに向かったという。ジェン・サリクとテングリ・レトス＝テラクドシャンも同道している。ジャヴィアには話の内容の見当がついた。

かれは探知スクリーンに目を向けた。二ダースの光点が《バジス》の送りだした搭載艦船の位置をしめしている。宇宙の瓦礫フィールドを調査し、制動物質、縮退する矮小《わいしょう》銀河、自転する虚無といった現象の情報を収集しているのだ。イホ・トロトの予期せぬ登場により、調査は二時間ほど延長されていた。だが、もう呼びもどしてもいいころだ。瓦礫フィールドのいちばん奥まで突入したのは一隻の重巡洋艦だった。テドル・コスマスひきいる《ナルドゥ》だろう。コスマスは忠告に耳を貸さない男だ。《バジス》から三百光年以上はなれるなと全艦に通達したのに、《ナルドゥ》はその三倍も遠くまで進出していた。

ジャヴィアは隣りのコンソールに目を向けた。サンドラ・ブゲアクリスが驚くべき集中力で作業にあたっている。サンドラは《バジス》の副長だった。三十歳にして、すでに数百万の男女がうらやむようなキャリアを積んでいる。その昇進は、高い知性と、第一級の教育と、職務のためなら自己犠牲もいとわない精神の……もちろんそれがすべてではないが……たまものだった。サンドラ・ブゲアクリスは規律を具現化したような女性なのだ。彼女と、くだけた態度が第二の天性となっているジャヴィアを組ませた宇宙心理学者には、なにか思惑があったにちがいない。

視線を感じたのか、サンドラが顔をあげた。ジャヴィアが笑みを向けると、彼女は口のはしだけをぴくりと動かし、ふたたび任務にもどった。ジャヴィアは片手を伸ばした。その皮膚は内側から輝いているかのようだ。マイクロフォンのきらめくエネルギー・リングを引きよせ、こう告げる。

「母鶏からひよこたちへ……鶏舎に帰ってこい」

＊

「あなたがたの陳述から、自転する虚無の領域には二種類の物質が存在すると考えられます」ハミラー・チューブのおだやかな声が説明する。「ひとつは自転エネルギーから生じるもので、制動物質と呼ばれています。もうひとつは、これまで起源が知られていない物質で、その構造から判断するに、かつては二重の縮退状態にあったものと思われます」

「そのとおりだ」イホ・トロトが音量を落とした声で確認する。「自転する虚無に内在する自転エネルギーは、一種の錨《いかり》のようなもの。セト＝アポフィスの興味は、その錨をあげて封印を解くことにあるらしい。そのためには自転エネルギーを消尽《しょうじん》するしかない。実際の方法としては、エネルギーを物質に変換してしまうのがいちばんかんたんだ。この作業を、超越知性体のさまざまな補助種族からなる専門家が実行している」

ジェン・サリクが不機嫌そうにかぶりを振った。

「理論全体があまりにも曖昧《あいまい》で渾沌としていて、どっちが前でどっちがうしろなのかもわかりません」

ローダンはかれに親しげな笑みを向け、励ますようにいった。

「かんたんにあきらめるんじゃない。コンピュータがすべて説明してくれるだろう」

「ひとつご注意申しあげたいのですが、みなさん」ハミラー・チューブがおだやかな声でいう。「わたしは語の真の意味でのコンピュータではありません」

「失礼」ローダンがそっけなく謝罪。

第四の参加者……ハミラー・チューブの人間的な声は第五の参加者として数えるべきだろう……は、それまでほとんど発言していなかった。外見はヒューマノイドだが、エメラルドグリーンの地にゴールドの模様がある皮膚から、ホモ・サピエンスではないとわかる。柔軟な高ポリマー素材の、からだにぴったりしたコンビネーションを身につけていた。琥珀色だが、足からふくらはぎにかけてはグリーンを呈《てい》している。眼光鋭い黄色い瞳はいつもどこかうわの空で、遠くにあるなにかに思いを馳せているような印象だ。豊かな銀髪がたてがみのように顔のまわりをとりまいている。

レトス＝テラクドシャンが疑似物質プロジェクションだということは、知らなければわからない。かれの強大な精神力がつくりだした、現実そっくりの映像である。遠くを見つめていた思慮に富んだ視線が、ローダンのほうを向いた。

「はっきりしているのは、自転する虚無がフロストルービンそのものだということだ」と、レトスがいう。「クリンヴァンス＝オソ＝メグから受領したデータ、コスモクラートのリングがここにかくされていたこと……すべてがそれを示唆《しさ》している。ポルレイターが自転エネルギーを錨にしてフロストルービンを封印したのだとすると、封印される前のフロストルービンはなんだったのか？　自転する虚無ではなく、たんなる無だったのだろうか？　だが、われわれの考えでは、フロストルービンは一種の道具で、それをセト＝アポフィスがなんらかの目的に利用しようとしている。無が道具であるはずはない。

知ってのとおり、四次元思考には限界がある。把握できないものをすべて〝無〟と認識してしまうのだ。たとえば、上位空間現象や五次元物体は……存在をぼんやり感じることはできても、現実とは認識できない。五次元物体はわれわれの連続体に、因果律に支配されない気まぐれなシュプールをのこす。フロストルービンもそれと同じではないか？　五次元現象のシュプールなのでは？

この考えは興味深いと思う。こうしたシュプールの非因果性や恣意性を食いとめることが、ポルレイターにとっては重要だったのだろう。そのためには、そうしたシュプールに、あるいは現象自体に、適切な状態の自転エネルギーを供給すればいい」

そこでひと息入れ、ハミラー・チューブの声が聞こえてくるほうに顔を向ける。

「ここから調べがつくのではないか。五次元現象のシュプールである非物質性物体の回転インパルスから、必要な公式が導けるはず」

「すでに作業を開始しています」と、ハミラー・チューブ。

レトス＝テラクドシャンは話をつづけた。

「ポルレイターはフロストルービンを封印するための、とてつもなく巨大な自転エネルギーの総量を、どこから調達しているのだろう？　巨大な回転インパルスを発するものといえば、中性子星か回転するブラックホールだ。すでに判明したとおり、制動物質に分類されないほうの物質は、そのプロセスにおいて二重縮退状態をへてきている。つまり……過去のある時点において……純粋な中性子だったということ」

「だが、中性子星だったはずはない」と、サリクが反論。「周囲をめぐっているのは大量の恒星です。数億、あるいは数十億もある」

「中性子星ではなく、矮小銀河だったのだろう。それが巨大ブラックホールに変化する過程で、二重縮退が起きたと考えられる。そして中性子の塊りになった瞬間、ポルレイターが介入した。そこから吸いあげた回転エネルギーを、フロストルービンに供給したのだ。フロストルービンはほかのかたちのエネルギーもとりこんだと思う。たとえば、熱エネルギーだ。そのせいで、矮小銀河ののこりは凍りつくことになった。重力エネルギーもだ。こうして、ブラックホールへの変化は瞬時に中断し、あとには奇妙な物質がのこった。その起源をめぐって、われわれ、この数日間ずっと頭を悩ませてきたわけだが」

「そうだとすると……」トロトがいいかける。

だが、そのとき警報が鳴りだし、ジャヴィアがインターカムで呼びかけてきた。

「お客さんです」

*

その十分前、ジャヴィアは帰還する搭載艦船からの進行報告を受領しはじめていた。遠征のさいには一定間隔で設置するようにしていたハイパー通信リレー経由で、次々に報告が入ってくる。応答はほとんどが自動メッセージだった……《バジス》の制御コンピュータに対応して作動するオートパイロットによる反応だ。コンピュータの計数によれば、外にいるのは二十四隻だった。

うち一隻の反応がない。

「どの艦だ、サンドラ？」ジャヴィアがたずねた。

サンドラがデータ表示を確認。

「《ナルドゥ》です」そう答えたあと、思わずつけくわえる。「ほかに考えられます？」

「テドル・コスマスと話をする必要があるな」ジャヴィアは通信サーボを呼びよせた。

通信スクリーン上に色とりどりの線が表示される。ぱちぱちいう雑音が大きくなったりちいさくなったりした。

「応答がありません」ややあって、サーボが報告した。

「全艦、ハイパー空間に潜入しました」と、サンドラ。「出現まで……」

「全艦？」ジャヴィアが聞きとがめる。

「《ナルドゥ》以外の全艦です。出現まで三秒……きます！」

ウェイロン・ジャヴィアは沈着冷静で知られている。だが、テドル・コスマスの唯我独尊ぶりには怒りを募らせていた。

「くそ、話がしたいのだが！」と、サーボに向かって毒づく。

「二十三隻……二十四隻……」サンドラが数えあげる。その声が自信なさそうなものになった。「二十五隻？　ウェイロン、なんだか変です」

ジャヴィアは憤慨していた。自分勝手な《ナルドゥ》の艦長に腹をたてている。

「どうした？」

「未知物体警報」コンピュータが報告した。「帰還する搭載艦船の近傍に、数個の未知物体が出現しています」

ジャヴィアは驚いて探知スクリーンに目を向けた。三十個の光点が画面の中心に接近している。二十三個は帰還する搭載艦船だ……《ナルドゥ》はまだ探知範囲にもどってきていないから。のこる七個はなんだろう？

こういう場合、解決法はひとつしかない……ジャヴィアは経験からそれを知っていた。赤く輝くセンサーの表面に触れる。

「命令をどうぞ、船長」と、ハミラー・チューブがいった。

「探知スクリーンは見ているな？　よし。搭載艦船の背後にあらわれた七つの点はなんだ？」

「異宇宙船です」ハミラー・チューブが淡々と答える。「イホ・トロトの報告によれば、ゲルジョクの艦です」

「危険なのか？」

「まちがいなく危険です。ゲルジョクはセト＝アポフィスの一補助種族ですから」

「わかった。なぜ《ナルドゥ》と連絡がつかない？」

「テドル・コスマスが受信をブロックしているようです」

「待ってろよ、ちくしょう！」

「はい？」

「いや、きみじゃない。コスマスのことだ。警報を発令しろ！」

「それはそちらの仕事です、サー。わたしはべつのことで忙しいので」

センサーのランプが消えた。ハミラー・チューブが接続を切ったのだ。ジャヴィアは警報のスイッチを入れた。甲高い警報音が船内に響きわたる。かれはインターカムでローダンのいるラボに連絡した。

「お客さんです」ローダンの顔が画面にあらわれると、船長はそう報告した。

＊

「そのおかしなものを早く積みこめ！」テドル・コスマスがインターカムからどなった。

「おとなしく準備して待っててください」戦闘的な女性の声が応じる。「数千トンの質量がある物体をあつかってるんです。下手《へた》な機動をしたら、自慢の艦がたちまち難破ですよ」

コスマスの荒々しい態度を見て、憤怒の発作を起こしていると考えるのは早計だ。浅黒い顔に少年のような笑みが浮かぶ。戦闘的な声の主は《ナルドゥ》の首席技術者、ヴァニア・レトックだった。ヴァニアとコスマスはとてもうまくいっている。彼女がかれの急な癇癪《かんしゃく》を意に介さないから。

コスマスは艦長という重責をになうには意外なほど若く見えた。痩身《そうしん》で中背、エネルギーの塊りのような男で、その猪突猛進ぶりは上官たちによく知られている。向こう見ずな行動は、ときとして無思慮と紙一重《かみひとえ》になることさえあった。髪はくすんだブロンド、目はグレイ。肌は自然のままでも日焼けしたように浅黒い。《ナルドゥ》の乗員は艦長を尊敬していた。ときおりの感情爆発も、本人同様、だれも気にしない……ヴァニアほどすばやく、妥協なくかれを黙らせることができる者はいなかったが。

コントロール・ランプが色とりどりに点滅しているのは、重巡洋艦のメイン・ハッチが使用中だからだ。《ナルドゥ》は一時間前、この宙域に存在する二種類の物質のどちらにも属さないと思われる岩塊を発見していた。制動物質でも、かつて存在した矮小銀河の残滓《ざんし》と考えられる、奇妙に凍結した物質でもない。だが、いっぷう変わったこの発見物に長い調査時間を割《さ》くことは《バジス》がさせてくれないだろう。それがわかっていたので、コスマスはすぐに心を決め、その岩塊を艦内に収容するよう命じた。

ほどなく、かれの予想が当たっていたことが明らかになった。ハイパーカムからウェイロン・ジャヴィアの声が流れたのだ。

「母鶏からひよこたちへ……鶏舎に帰ってこい」

その言葉がまだ完全に終わりもしないうちに、コスマスはインターカムに飛びついた。

「あとどのくらいかかる、ヴァニア？」

「ロボットががんばっていますが、一時間半から二時間はかかりそうです」

コスマスは悪態を噛み殺した。マイクロフォンを押しやり、横にいる女性に声をかけた。

「ミナー、《ナルドゥ》の通信装置は三分前にすべて故障した」

炎のような赤い髪を持つ若い女が、艦長の真剣なまなざしに曖昧な笑みを返した。ミナー・セディ……《ナルドゥ》の宙航士には美人が多いという評判を支えている女性たちのひとり……は艦の副長で、コスマスが指示や命令や規則を無視するとき、たいていいつもその場にいる。

「それは無理です。ジャヴィアはもう疑っていますし、技術ログを見れば、通信システムになんの問題もないことはすぐにわかります」

コスマスは彼女に向かって片目をつぶった。

「今回だけだ、ミナー」

ミナーはため息をつき、大型コンソールのキイをいくつか押した。警報が鳴りだし、一データ・スクリーン上に報告が表示される。〝通信システムが全面ダウン……原因不明〟

コスマスは満足そうな笑みを浮かべ、シートの背にもたれた。これでもうじゃまは入らない。

＊

「奇妙な、非現実的な世界にいた」ハルト人は報告をつづけた。「あらゆるものがかたちを持たず、把握もできず、それなのに、周囲には生命が満ちあふれている。異質な力がわたしの意識に、ふたつの脳に作用して、正気を失いそうだった」

恐怖の体験を思いだしたかのように、巨大な頭を左右に振る。

「そのあと、外に吐きだされた。わたしは宇宙の瓦礫フィールドにもどっていた。メンタル・ショックにやられたものの、それを乗りこえることができたのだ。その瞬間から、セト＝アポフィスはわたしに影響をおよぼせなくなった」

「同じような体験をした、ほかの生命体もいたのだな？」ペリー・ローダンがたずねる。

「そう、数名いた。いずれもセト＝アポフィスに仕えていた者たちだ。メンタル・ショックによって隷属状態から解放されたわけだが……代償は大きかった。仲間のところに帰るための船がなかったせいで、捕虜になってしまったのだ。また、まだ超越知性体の呪縛にかかったままの者たちから追われることにもなった」

ローダンはハトル人に問いかけるような視線を向けた。

「いまの言葉には重要な情報の断片がふくまれているな」レトス＝テラクドシャンがいった。「イホ・トロトが異様な体験をした領域は、明らかに自転する虚無、つまりフロストルービンと関係がある。たぶん五次元現象に属する領域で、われわれはそのシュプールをフロストルービンと認識しているのだろう。その領域にはセト＝アポフィスの影響力を無効化する力があるようだ。それはきっと……」

そこで突然言葉を切り、かぶりを振る。

「いや、だめだ。あてどない推測を重ねても、意味はない」

「わたしはほかのことが気になったのですが」サリクが口を開いた。「われわれ、フロストルービンをセト＝アポフィスの道具の一種と考えています……超越知性体はそれを、ポルレイターによる封印を解いたのち、ふたたび動かしたいのだろう、と。アトランから聞いたので、セト＝アポフィスの力の集合体の範囲と位置もわかっています。だとすると……」

トロトが鋭い歯をむきだした。

「ちょっと違うな、テラナーの友よ」声はひそめているが、それでも雷鳴のようだ。「ポルレイターが〝錨をおろした〟のだとすれば、フロストルービンはそれ以前は移動していたことになる。ポルレイターが封印する前に、それがセト＝アポフィスの力の集合体からどれくらいの距離にあったかは、現在のポジションを見ても、なにもわからない」

「そのとおりです」しばらく黙っていた声がいった。ハミラー・チューブだ。「固定される以前、フロストルービンが非常に高速で移動していたことをしめす証拠があります」

「なにかわかったのか？」ローダンは驚いて、ハミラーのおちついた声が聞こえるほうに顔を向けた。

「驚くべき相互関係をいくつか発見しました」と、返事がある。「あなたがたの友であるレトス＝テラクドシャンが事前に提供したデータにもとづく発見です。簡潔に報告しますか？」

ローダンの驚いたような視線を受けて、ハトル人が説明する。

「まったくの偶然で、関係性に気づいたのだ」

「どんな関係性だ？」

レトス＝テラクドシャンはハミラー・チューブの声が聞こえてくる受信機のほうに顔を向けた。

「もちろん聞きたい」と、ローダン。

「フロストルービンと矮小銀河の衝突は激烈なプロセスをたどったはずで、その総エネルギーがフロストルービン内部にとりこまれました」ハミラー・チューブは説明を開始した。「この衝突で生じたシグナルを、テラの天文学年鑑で探しても無意味です。せいぜい数百万年前の出来ごとで、衝突現場で発生した電磁気的な影響が地球に到達するには、三千万年ほどかかりますから。このカタストロフィの発生当時、テラでハイパーエネルギーを観測する手法が確立されていれば感知は可能だったでしょうが、もちろんそんなことはありませんでした。

あなたがたの友であるレトス＝テラクドシャンは、種族の歴史が人類よりもはるかに古いため、そのころ自分たちの故郷銀河で悲劇的な出来ごとがあり、ハイパーエネルギー・インパルスを受信したことを記憶していました。それはこの宙域から発せられ、とてつもないカタストロフィを示唆するものでした。さいわい、かれはそのインパルスの特徴も記憶していて、わたしはそれを、テラの天文学者に以前から知られていた現象と比較することができました」

「ハミラー」声がわずかにとぎれたとき、ローダンが口をはさんだ。「宇宙の半分の歴史を解説する必要はないから、本題に入ってもらいたい」

「背景がわかっているほうが理解も深まります、サー」と、肉体のない声が答える。

「では、わたしが発見した驚くべき関係性を説明しましょう」

「聞かせてもらおう！」

「いまいったカタストロフィとは、サー、あなたの友の故郷であるアンドロメダ銀河で起きた、二百二十万年前の爆発のことです」ハミラー・チューブの口調は厳粛とさえいえそうだった。「それは巨大な星団の基礎構造をも揺るがすほどの大爆発で、ハトル人は故郷の喪失すら心配しなくてはなりませんでした。この過去のインパルスがフロストルービン宙域に似たようなカタストロフィを引きおこすかもしれないのですから、レトス＝テラクドシャンが、苦労しつつも昔のことを思いだしたのは、無理もありません」

ローダンは考えこんだ。

「二百二十万年前か」と、ひとりごち、「アンドロメダ銀河から銀河系までの距離が、二百二十万光年だな」顔をあげ、かたい声でたずねる。「その出来ごとは、宇宙航行時代以前のテラの天文学者には知られていたのか？」

「はい。数十億の恒星を巻きこんだこの爆発は、超新星と誤認されました。地球の天文学者は〝アンドロメダ座S星〟と名づけています」

「時間的な関係性……」

「ではありません」ハミラー・チューブがローダンの言葉をさえぎる。「それよりも重要なのは、放射の性質です。アンドロメダ座S星と、フロストルービン宙域で観測されるハイパー・インパルスの」

「それはつまり……」

「われわれの予想どおり、フロストルービンがここで矮小銀河を消滅させた爆発に関与していたとするなら、超新星と思われたアンドロメダ座S星にも関与しているということです」

＊

それは中規模の家くらいの大きさで、マグマを急速に凍りつかせたかのような、とりとめのない構造だった。表面は黒っぽいグレイで、そこに明るい色の筋が入り、でためな模様を描いている。形状は不規則で、鋭い角はなく、うねうねと入り組んで、ところどころにカタツムリの殻のようなものが見えた……意味や目的があるようには思えず、まったくの謎だ。二種類の物質しか存在しない宙域のただなかに、まったく異質なものが浮かんでいたのだ。

テドル・コスマスはそれを大型貨物用エアロックの横にある強化ガラスの窓からのぞき見ていた。発見物を絶対零度の宇宙空間から《ナルドゥ》艦内に運びこんだロボットは、エアロック内の壁ぎわに立っている。その機能は中央コンピュータが制御しており、現在は一時停止状態だ。この宇宙の岩塊は充分に調査分析されたうえで、エアロック内に運びこまれた。調査結果に異常な点は見られない。まさに見た目どおりの、どこにでもある星間物質だ。だが、コスマスはそんな見た目を信じなかった。この宙域では異質な存在だし、それが発している放射もやはり、通常の測定装置では観測できない、異質なものだったから。大型貨物用エアロックは隔離ゾーンとして機能している。

考えこみながら奇妙な岩塊を見つめる。グレイの表面上を走る明るい筋を目で追いながら、かれの意識下には、巨大な謎のシュプールにぶつかったのではないかという印象があった。

「どう思う、ヴァニア？」

この女性がほんの二時間前、はげしい勢いでコスマスの言葉をさえぎったとは、だれも想像できないだろう。ブルーがかった黒髪にアーモンド形の目、東洋的な顔立ちのかよわそうな姿。身長はコスマスの肩までしかなく、そのかれにしても中背なのだ。ヴァニアの顔には深く考えこんでいる表情があった。

「これは〝石の使者〟です」

コスマスは驚いて彼女を見つめた。

「石の使者？　どういう意味だ？」

ヴァニアは顔をあげ、コスマスを見つめかえした。その目にはとまどいの表情があった。

「わたし……自分でもわかりません」と、困ったようにいう。「ふと心に浮かんできたんです」

「そのときなにか考えていたはずだ」と、コスマス。

ヴァニアは首を振った。

「いいえ、まったくなにも。まるでだれかが、わたしの口を使って言葉を発したみたいです」

甲高い着信音が鳴り、インターカムからミナー・セディの声が流れた。

「未知飛翔体が高速で接近中。距離三三八」信じられない、という調子でつけくわえる。「平和的意図とはとても思えません!」

3

「全部隊、任意の飛行コース・データの取得にそなえろ」

ウェイロン・ジャヴィアの視線は不安そうに、探知スクリーンと航法コンピュータの制御画面のあいだを往復した。《バジス》の搭載艦船二十三隻が調査任務から帰還し、母船のすぐそばで着船命令を待っている。その後方では異艦隊が前線を形成し、さらに勢力を増していた。これまでに探知機がとらえたのは十八隻だが、数十秒にひとつずつ、異艦をしめす光点が増えている。上位次元連続体からアインシュタイン空間に出現しているのだ。

異なる二種類の宇宙船については、詳細走査で得られたデータから形状が判明した。超越知性体セト＝アポフィスの鳥型補助種族ゲルジョクの砲弾形艦と、以前から知られているサウパン人の有翼艦だ。ジャヴィアは通信を試みたが、応答はなかった。ハミラー・チューブはゲルジョクとサウパン人がこちらに敵意を持っていると指摘。セト＝アポフィスの心理的影響下にあるのだ。ネガティヴ超越知性体は、いきなり出現した巨大船を脅威と感じ、排除するつもりなのだろう。《バジス》をテラの船と見抜いて、フロストルービン近傍にやってきたのがだれなのか、すでに気づいてさえいるかもしれない。

搭載艦船の指揮官たちはなにがあっても防御に徹するよう命令されている。イホ・トロトからゲルジョクとサウパン人の技術力を聞き、《バジス》が攻撃されても、たいした苦労なくしのげることはわかっていた。ジャヴィアは指揮官たちにバリアを張るよう指示した。

コンソール上に影が落ちたのに気づき、顔をあげる。ペリー・ローダンが親しげな笑みを浮かべていた。

「なにか問題はあるか、ウェイロン？」

ジャヴィアは恥ずかしそうに、擦り切れて継ぎの当たった作業着の袖を引っぱった。規則にもそわない、いかにもみすぼらしい恰好でローダンのそばにいるのは、居心地が悪い。

「いまのところ、たいしたことはありません。攻撃してくるとして、それがいつになるのか、あとどのくらいの増援がいるのかにかかってくるでしょう」

探知スクリーンに向きなおる。異宇宙船の背後にさらにふたつ、光点が出現した。ゲルジョクとサウパン人の艦隊は、これで二十隻になった。

「エアロックの与圧はいつからはじめる？　どのくらい時間がかかる？」と、ローダンがたずねた。

「搭載艦船は三つの格納庫にべつべつに収容します」と、ジャヴィア。「エアロックは数分後に開きます。二時間程度を予定しています……じゃまが入らなければ」

「どういう防御を考えている？」

「まず防御バリアを張り、攻撃してきたら、パラトロン・バリアを展開します。搭載艦船を収容するため、構造通路をつくる必要がありますね。くわえて、全艦船に回避コースのデータを提供し、状況がきな臭くなってきたら、逃げまわるウサギのように急激にコースを変化させて動きまわらせます。全艦船が《バジス》とシンクロして機動しますから、隊形が変わることはありません」

かれはローダンの意外そうな視線に気づき、その意味を正しく解釈した。

「わかっています。数百光年ほど退却して相手をだますほうがかんたんだし、安全でしょう。ただ、一隻だけ、まだもどっていない艦がいるんです。通信装置が故障しているらしく、応答がありません。見捨てるわけにもいきませんし」

「どの艦だ？」と、ローダン。

「《ナルドゥ》です。テドル・コスマス艦長の」

＊

コスマスとヴァニア・レトックは転送機で司令室にもどった。走査機はすでに異宇宙船一隻の輪郭をスクリーンにうつしだしていた。細長い砲弾のようなかたちで、船体は針のように細い先端から中央部に向かって徐々に太くなり、船尾の直前で折りかえしたようになっている。表面からは主翼や補助翼が突きだし、宇宙航行だけでなく、大気圏内飛行にも使われることをしめしていた。

警報装置がやんだ。《ナルドゥ》はバリアを展開。コンピュータが異宇宙船のコースを予測し、重要なデータだけをスクリーン上に表示する。相手は二天文単位の距離から光速の四十パーセントで接近してきていた。

「応答は?」シートについたコスマスがたずねた。

「三度呼びかけましたが、応答ありません」ミナー・セディがデータ・スクリーンから顔もあげずに答えた。「聞く耳は持たないようです」

コスマスは二分ほどデータを見つめた。まちがいない。異宇宙船は《ナルドゥ》との衝突コースをとっている。減速するようすはなかった。呼びかけに応じないことから考えても、結論はひとつだ。テラの艦を攻撃しようとしている。

探知スクリーンで周囲の状況を確認。選択肢はいろいろあった。逃げることもできる。賭けてもいいが、加速では《ナルドゥ》のほうが上だ。逃走すれば、防御の必要もなくなるし、ジャヴィアに対して点数を稼ぐことにもなるだろう。武力を使うなというのがこの任務のモットーだから。戦闘を避けるために逃げるのは、恥ではない。

だが、コスマスに逃げる気はなかった。探知スクリーンを見て、《ナルドゥ》の近くに宇宙の瓦礫が点々と浮遊しているのを確認し、しばらく検討して計画を確定する。かれは矢継ぎ早に命令をくだした。

「スペース＝ジェット《カリバー》と《シグマ》の乗員はただちにスタート準備にかかれ！　ミナー・セディ、十五名を連れてメイン・ハッチに。セラン宇宙服を着用し、武装して突入にそなえろ！　第二技術ラボ、重力パルス・ジェネレーターを準備……」

その口調は決然としていて、まるで何カ月もかけて準備し、細部まで知悉《ちしつ》している計画を指示するかのようだった。指示を出すあいだに顔の表情も変わりはじめた。目尻にしわがより、目が輝きだす。口もとにはからかうような笑みが浮かび、顎が前に突きだされた。明らかに楽しんでいるのだ。その視線が、徐々にスクリーン中央に近づいてきている異宇宙船の光点を追う。輝く目はこういっているようだった。〝待っていろ、いま奇蹟を見せてやるからな！〟

ミナー・セディは命令にしたがうために離席し、ヴァニアがかわって席についた。

「通信装置を作動させろ」と、コスマス。「合図したら、すぐに《バジス》を呼びだすのだ」

ヴァニアは驚いたような視線を艦長に向けた。通信システムが切ってある理由は彼女も知っている。だが、コスマスは彼女の驚きに気づかなかった。ヴァニアはいわれたとおりにし、ハイパーカムの周辺装置が次々と息を吹きかえした。

《ナルドゥ》が移動を開始した。異宇宙船に向かっていき、それを迂回するのだ。相手も考えるだろう。数秒もすれば、テラの艦がまっすぐ突っこんでくるのではなく、数十万キロメートル横にずれたポジションをめざしているとわかるはず。そうなれば敵もコースを変更し、コスマスの目的ポジションに向かおうとするだろう。

時間の経過とともに緊張が高まる。コスマスが指示した準備はすべてととのった。もう一度だけ異宇宙船との通信を試みたが、これまで同様、応答はない。そのときヴァニアが使ったのは予備システムだった。通信装置本体はまだ完全には作動していないから。テラの技術と異生物の技術に大きな差異があり、そのために通信がつながらないという可能性はゼロではないが、まずありえないだろう。コスマスはその可能性を排除した。砲弾形艦は敵意を持って接近してきている。《ナルドゥ》からの通信はたぶん受信しているが、敵艦長は交信する意味はないと考えているのだ。実際、そのとおりだった。コスマスのほうは、宇宙ハンザがもとめる手順を踏んでいる。相手が理解をしめさなかったとしたら、それは相手側の問題だ。

距離が近づいてくると、走査機が異宇宙船の大きさを計測できるようになった。胴体は全長三百メートル、中央部分だけで百メートル以上あり、幅は七十五メートルくらいだ。強力そうな宇宙船で、小型球型艦の《ナルドゥ》よりも明らかに威圧的だった。敵が自分たちの優位を確信しているのがわかる。速度も落とさずに接近してくるのは、こちらをなめてかかっている証拠だ。

攻撃は無警告ではじまった。探知スクリーン上の敵艦が、一瞬だけ燃えあがるように輝きを増す。同時に《ナルドゥ》の防御バリアが展開した。敵は最初の攻撃の時点でまだ百光秒以上はなれていた。

《ナルドゥ》の艦内奥深くでは、敵のはげしい攻撃を受け、バリア・ジェネレーターが咆哮《ほうこう》していた。防御バリアは燃えあがり、ありとあらゆる色に輝いている。部分的にバリアが貫通され、《ナルドゥ》の球型の本体が震動した。敵は仮借なく、すべての武器を使用しているようだ。テラのトランスフォーム砲に似たような武器だろう。爆弾が超光速で標的に転送され、そこで爆発する。《ナルドゥ》の外側センサーが超高速の中性子線の奔流をとらえていた。中性子はバリアに阻《はば》まれ、消滅したが、その総エネルギーは中程度の惑星の全人口を一掃できるほどだった。

中性子線の奔流が、はじまったときと同じく、いきなりとだえた。同時にバリアの燃えあがる炎もしずまる。艦内ではジェネレーターの咆哮がおさまり、しずかなうなり音に変わった。敵はもう地球と月軌道くらいしかはなれていない。《ナルドゥ》と衝突しないよう、急激に減速している。コスマスはこの瞬間、敵の艦長が考えていることを予想してみた。まちがいなく、テラ艦の残骸を見ることになると思っているはず。

「敵が搭載艇を射出しました！」ヴァニアが叫んだ。

コスマスは探知スクリーンのほうに身を乗りだした。砲弾形艦をしめす光点からちいさな光点が三個分離し、高速でまっすぐ《ナルドゥ》に向かってくる。

「突っこんでくる気か！」と、コスマス。その驚きは長くはつづかなかった。楽しそうな笑みが顔に浮かぶ。「突っこむ気か」と、くりかえし、「なるほど。だが、そううまくいくかな！」

＊

探知スクリーンの背後に予期しない光点が次々と出現しはじめたときには、ジャヴィアはもう事態を把握していた。わずか数分のあいだに、異宇宙船の数は六十隻をこえていた。新来の部隊は高速で《バジス》に向かってくる。決断の時だ。どう対処するか、決めなくてはならない。

ジャヴィアはしずかに命令をくだした。《バジス》がバリアを展開。着船を待っていた搭載艦船のオートパイロットに構造通路のデータが送信される。五隻はすでに帰還し、のこる十八隻は六隻ずつに分かれて、三つある格納庫のハッチ近くに集合した。航法コンピュータが逃走プログラミングを作動させる。そのコース・データは、あらかじめ搭載艦船の記憶バンクに転送されていたものだ。

攻撃側の六十隻あまりはほぼ直線の前線を形成し、左右にひろがって迫ってくる。どうやら敵の野戦指揮官は、この状況で複雑な作戦は必要ないと考えたらしい。勝利を確信して前進してくる。八光秒の距離から砲撃が開始された。

ペリー・ローダンは船長席の横にななめによりかかり、大全周スクリーンに目を向けていた。防御バリアが敵の砲撃を受けて燃えあがり、ひろい司令室を色とりどりの光で満たすと、苦々しげな表情を浮かべる。

「なぜこんなことをする?」ローダンのつぶやきが聞こえた。「われわれを消滅させようと、かたく決意しているようだ。なんのために?」

ジャヴィアはシートの背にもたれかかった。

「かれらの考えではありませんよ。セト＝アポフィスの影響下にあるせいです」

「それが答えになるか?」と、ローダン。「なぜ、セト＝アポフィスはわれわれを排除しようとすると思う?」

ジャヴィアが答えに困って身じろぎすると、ローダンが先をつづけた。

「その答えは、宇宙が弁証法の原理にしたがっているからだ。あらゆるテーゼにはアンチテーゼが存在する。われわれは非暴力を善と考えるが、宇宙のどこかにはその反対者がいて、暴力の行使を美徳とみなしている。ときどき思うのだが、だれのせいかと考えることに意味はあるのだろうか。進化は対立物の存在するところでのみ発展する、というのが自然の法則であるなら……わたしが善とするものを悪とし、悪とするものを善とする相手のことを、どうして邪悪だの非倫理的だのといえるだろう？」

ジャヴィアはじっと正面を見据えた。ペリー・ローダンが人前で……たとえそこが薄闇に沈んだ、負荷のかかった防御バリアの燃える光に照らされた、宇宙船の司令室であっても……哲学を語るのはめずらしい。鋭い警報音が響き、ローダンの問いかけに答える必要がなくなって、ジャヴィアはほっとした。どう答えればいいのかわからなかったのだ。

一連のコントロール・ランプが明滅しはじめる。エンジンが始動し、《バジス》は逃走コースに乗っていた。バリアの燃えるような光が消える。攻撃側はこの機動を予想していなかったようだ。ジャヴィアは探知スクリーン上の光点の配置を見つめた。敵はとりのこされている。着船待機中の搭載艦船と母船の相対的な位置関係は変わっていない。すべて《バジス》の機動に追随していた。

ローダンは笑みを浮かべた。

「さいわい、方法はある。暴力ではなく策略を、蛮勇ではなく逃げ足を、防戦ではなく退却を選ぶのだ。われわれ、すばらしい世界に住んでいると思わないか？」

ハイパーカムが甲高い音をたてた。ジャヴィアが指を動かし、サーボにスイッチを入れるよう指示する。スクリーンにシンボルがあらわれた。映像のない、音声通話ということ。

「《バジス》へ、こちら《ナルドゥ》」ジャヴィアがよく知っている声が聞こえた。

「コスマス！」かれは身を乗りだした。「軽薄男め、どこにいる？」

「その話はあとで、ジャヴィア船長」《ナルドゥ》艦長が答えた。「いまは重要な用件があります。この宙域に異種族がいます。たぶん鳥類の末裔《まつえい》で、頸が二本あります」

「ゲルジョクだ」ローダンがジャヴィアにかわって答えた。

「言語はわかっていますか？」

「わかっている」

「トランスレーター用のデータを《ナルドゥ》に送ってください」

「なにをする気だ？」

「背景を説明している時間がありません。とにかくデータをください。あとで規則を書いた札をわたしの首からさげてもかまいません」

「送信する」と、ジャヴィア。「だが、間違った期待をいだくと……」

画面上のシンボルが消えた。コスマスが通信を切ったのだ。バリアがふたたび燃えあがりはじめる。急な逃走に意表をつかれた敵が立ちなおり、あらたに攻撃を開始したようだ。

搭載艦船はまだ十五隻が外にのこっていた。

＊

コスマスは画面に集中するあまり、敵艦の明るいグリーンの光点と、《ナルドゥ》に向かってくる搭載艇のやや暗い三個の光点以外、なにも目に入っていなかった。敵の計画は見当がつく。非常に強い中性子線を放射する砲弾で攻撃したから、その放射で《ナルドゥ》艦内の生命体を一掃できたと思っているのだ。だからこれほど堂々と接近してくるのだろう。《ナルドゥ》を鹵獲するつもりで、そのために乗員だけを殺害し、非有機物には影響のない攻撃方法を選択したのだ。

「重力パルスは？」コスマスが探知スクリーンから目をはなさずにたずねる。

「準備できています」

「麻痺砲は？」

「いつでも撃てます……最大出力で」

「全員、注意しろ。だれも殺すつもりはない……しばらく平静を失わせるだけでいい」

「了解」

「《カリバー》と《シグマ》は？」

「乗員が搭乗し、スタート準備できています」ミナー・セディの声だった。彼女への質問ではなかったが、当然のことのようにスペース＝ジェット二機の状況を把握している。

「敵搭載艇はどうしますか？」

「そっちは心配ない。きみたちの標的は大型艦だ」

ミナーのいう搭載艇までの距離は十五万キロメートルだった。計画を発動するころあいだ。コスマスは横にある走査スクリーンに目を向けた。これ以上のタイミングは望めないだろう。たとえ自分に、敵の艦長をヒュプノで支配下におく能力があったとしてもだ。敵艦から千キロメートル後方には宇宙の瓦礫が密集している……家サイズのものから、中規模な小惑星くらいのものまであった。

「前進しろ」と、おさえた声で命じる。

サーボが命令をとらえ、エンジンに伝達する。反重力装置が怒ったようなうなりをあげ、《ナルドゥ》は最大価で急加速した。その瞬間、死んだと思っていたテラの艦がじつは死んでいなかったことに敵も気づいたはず。

「重力パルス……発射！」

《ナルドゥ》艦内では、最大出力の重衝撃波ジェネレーターによる震動はまったく感じなかった。重力衝撃波の前線は単純に光速で前進する。敵の搭載艇をしめす三個の光点が奇妙に踊りだした。前線が異艦に到達。探知スクリーンを見ていたコスマスには、敵が回転しはじめたのがわかった。そのまま衝撃波にのまれ、運ばれていく。最初の発射のあと、数ミリ秒間隔で二百発の衝撃波があとにつづいた。

結果は潰滅的だった。搭載艇はきりもみ状態になり、操縦不能におちいっている。大型の異宇宙船は速度をあげながら瓦礫のなかに突入していく。搭載ポジトロニクスが危険を察知したらしく、エネルギー・バリアを張ったが、まにあわない。砲弾形艦は漂う宇宙の物質片のなかに突っこんだ。やや遅れて、衝突が起きる。探知スクリーン上で異艦の光点が明るく輝き、形成中だったバリアは物理的な衝撃を受けて崩壊した。エネルギーの放出はすさまじく、赤みがかった火花が光学スクリーン上でも見えるほどだった。

「麻痺砲……発射！」

耳をつんざく甲高い発射音が二秒ほどのあいだ、ほかのあらゆる音を圧倒した。麻痺砲のシュプールは目に見えない。効果のほどもすぐには確認できなかった。異生物がどうなったのか、外から見てもわからない。麻痺放射に免疫がある可能性も考えられた。そのリスクは避けようがない。

「ゆっくり減速しろ」と、サーボに指示。探知スクリーンにちらりと目をやり、三隻の搭載艇が脅威にならないことを確認する。「ミナー……行け！」

＊

ミナー・セディは異生物の姿をじっと見つめた。相手は彼女より頭ふたつぶんは背が高い。痩身で優雅で、身につけた宇宙服は細い二本脚の部分が全体の三分の二を占めている。両手両足に各四本の指がある。ゆったりしたつくりの宇宙服の上のヘルメットはうしろに押しやってあった。頭は細くてしなやかな二本の頸で支えられ、全体としてかたむいたピラミッドのような形状だった。その頂点は一種のくちばしになっていて、ピラミッドの基部に当たる位置に同じ大きさの視覚器官が四つある。角《つの》のように硬そうな頭皮は褐色で、ところどころ磨きあげたように光っていた。

　映像を見つめるコスマスには、ミナーの奥に突入コマンド二名がいるのがわかった。どちらも熱心に異艦の内部を調べている。その足もとには、ミナーがカメラの前に引きずってきたのと同じ種族の者たちが数名、転がっていた。どれもぐったりと無気力だ。コスマスはほっとした。麻痺砲は異生物にも効果があったようだ。

「この個体はゲルヌクです」と、ミナー。「たぶんそれが名前だと思います。宇宙服にたくさん記章があるので、重要な地位にあるものと考えました。明らかに鳥類の末裔ですね。言語も鳥のさえずりのようで、トランスレーターならすぐに解析できるでしょう。話し合いができれば有益だと思いませんか？」

　コスマスはミナーをよく知っていて、なにを考えているかも理解できた。《ナルドゥ》にはトランスレーターが搭載されている。だが、異生物の言語を学習させるだけの時間はなさそうだった。必要な情報を取得する方法はひとつしかない。

「ウェイロン・ジャヴィアに連絡して助力をもとめたら、首をちょん切られそうなんだがな」と、ミナーの言外の要求に難色をしめす。

「遅かれ早かれそうなるなら、なんの違いがあります？」赤毛のミナーはからかうような笑みを浮かべた。

「わかった」と、コスマス。「それ以外の現状は？」

「すべて順調です。異生物は抵抗していません。麻痺効果はまだ二、三時間つづきそうです」

通信装置はすでに完全に作動している。コスマスは《バジス》と連絡をとった。数分後、艦載コンピュータから、ゲルジョクの言語データがすべて利用可能になったと報告があった。コスマスは三台のトランスレーターに追加データをコピイし、ヴァニア・レトックに《ナルドゥ》の指揮権をゆだねて、スペース＝ジェットで異生物の宇宙船に向かった。

＊

追撃戦はますます瓦礫フィールドの奥に入りこんでいった。《バジス》の格納庫に未帰還の搭載艦船はあと九隻、ゲルジョクとサウパン人の集中砲火はしばらくつづいている。航法コンピュータは逃走計画を次の段階に移行させた。《バジス》と搭載艦船が加速する。攻撃側の砲火はしばらくのあいだ虚空に吸いこまれ、艦隊はその後ようやく追尾機動にうつった。

《バジス》司令室の男女にとって、状況は理性的にも感情的にも満足できないものだった。敵を傷つけることはできず、遠ざけるだけにしておかなくてはならないのだ。だが、えんえんと同じこと……搭載艦の格納、加速、減速、また搭載艦の格納……をくりかえすのは神経にこたえる。司令室の雰囲気はぴりぴりしていた。

ジャヴィアは敵戦力の強化に気づいていた。いまでは百五十隻以上になっている。セト＝アポフィスは全力をあげて侵入者を排除しろと命令しているようだ。ところが、攻撃側はいまだに《バジス》の逃走機動を封じこめられそうな戦略をとれていない。ジャヴィアは相手が《バジス》を包囲してくるものと予想していた。そうなれば、こちらの逃走機動にかかわりなく部隊を接近させ、あるいは片舷斉射を浴びせることもできる。ところが、敵は半球形に展開し、《バジス》の行く手に立ちふさがるだけだ。まるで、こちらがこの奇妙なゲームに疲れ、立ち去るのを待っているかのように。

この戦略は理解できない……そのとき、サンドラ・ブゲアクリスが攻撃側の論理を解明するヒントを提供した。

「物質片の分布が薄い宙域に近づいています」と、サンドラが報告。

ジャヴィアは最初、その報告に注目しなかった。だが、ペリー・ローダンは身を乗りだし、サンドラが見たデータを自分の前に表示させた。

「ウェイロン、逃走プログラミングを終了させろ」データ・スクリーン上の情報をざっと調べたローダンがいった。「あと十光分ほど瓦礫だらけの通常空間がつづくが、その先にはなにもない。自転する虚無だ」

ジャヴィアは氷のように冷たい手で背中をなでられたような気がした。その可能性を見すごしていた。航法コンピュータが選択したのは一般的な逃走コースだ。その結果、まっすぐ深淵の縁に向かっているなどと、だれにわかっただろう！

それが攻撃側の狙いでもあったのだ。《バジス》が後退すれば、やがて自転する虚無のはしに到達するとわかっていたから。その境界をこえたものすべてをのみこむ、フロストルービンの力の前には、防御バリアも強力なエンジンも役にたたない。敵は《バジス》がそれ以外のコースをとろうとするのを阻止するだけでいい。

戦闘を避けたいなら、逃げ道はひとつしかなかった。数百光年退却するのだ。《バジス》と搭載艦がどの方角に逃げたのか、敵が探知するには数時間かかるだろう。これまでは、この戦略は考慮の余地がなかった。《ナルドゥ》を見捨てることになるから。だが、コスマスから連絡があったので、その心配はなくなった。

音声回線で《ナルドゥ》に連絡する。そのあいだにも敵は《バジス》の最新の機動を分析し、あらたに攻撃をくわえてきた。防御バリアが鬼火のように燃えあがる。防御バリア・ジェネレーターの負荷は六十パーセントをこえた。さらに二隻を格納し、外にのこっているのは七隻になる。

「《ナルドゥ》との通信を確立できません」サーボが報告した。

ジャヴィアはかっとなった。

「なぜだ？」

「所定の通信周波で、受信機の反応がありません」

ジャヴィアは懸命に自制した。それでも、コスマスと回線がつながったらかけようと思っていた言葉は、辛辣《しんらつ》なものになる。一瞬、《ナルドゥ》を置き去りにして運命にゆだねようかとも思ったが、すぐに考えなおした。それはたんなる意趣返しだ。艦長が無責任な冒険主義に走ったからといって、《ナルドゥ》に勤務する百名をこえる男女を見殺しにはできない。

そう決断すれば、あとは戦闘しかない。反撃し、敵に《バジス》のほうが強力であることを思い知らせる。犠牲者は出るだろうが……

ジャヴィアは顔をあげた。なにかが起きたことに気づいたのだ。司令室内はしずまりかえっている。かれの問うような視線に気づき、ローダンが無言で大全周スクリーンを指さした。わずかな間があり、ジャヴィアはそこに見えているものを認識した。

色とりどりに燃えあがっていた防御バリアの炎が消えている！　敵は攻撃をやめてい

た。ジャヴィアは探知スクリーンに目をもどした。攻撃艦隊のポジションは変わっていない。同じように半球形に展開し、《バジス》の前に立ちふさがっている。

「なにがあったんです?」と、とまどってたずねる。

ローダンはわからないというしぐさをした。そのとき、ハイパーカムから声が聞こえた。

「《バジス》へ、こちら《ナルドゥ》のテドル・コスマス」聞き慣れた、偉そうな口調だ。「あなたがたを苦境から救出できてよかった。われわれ、ゲルヌクと称する異生物の艦内にいます。今回の件で重要な役割をはたした種族です」

4

「われわれは重要な任務でここにきている」ペリー・ローダンの言葉を、トランスレーターが、さえずるようなゲルジョクの言語に通訳する。「それをとめられる力は宇宙に存在しない。同時に、われわれは宇宙の全種族と平和な関係を築きたいと思っている。きみの同族とサウパン人は、なにも手出ししていないわれわれを攻撃してきた。応戦することもできたし、そうなればきみたちを圧倒していただろう。だが、われわれは戦闘を避けた。そちらから攻撃してきたとしても、きみたちを傷つけたくなかったから」

ゲルヌクは四つの目でテラナーを注意深く見つめ、応じた。

「ここにいるコスマスと名乗るあなたの友が」いったん言葉を切り、わずかに考えてから先をつづける。「そちらの技術を見せてくれた。あなたが真実を語っているのはわかる。そちらの優位がわかったので、ゲルジョクの艦に命じて攻撃を中止させた。サウパン人には、わたしは命令する権限がない。サウパン人が攻撃をやめたのは、ゲルジョクの支援がなくなって、そちらを制圧するのは不可能と判断したからだ。だが、われわれにも任務がある。われわれを選抜した宇宙的勢力にかわって、この宙域を防御するよう命じられているのだ。われわれもまた、任務に縛られている」

「そちらの任務とわれわれの任務が衝突しないことを期待したい」と、ローダン。「きみたちや、きみたちの友との争いは望まない。われわれの作業に長い時間はかからないだろう。終わりしだい、すぐにここをはなれる」

「わたしもそのように期待している、テラナー。この邂逅《かいこう》について、各艦長たちに報告する。たがいに相手を避けるようにすれば、今回のような誤解は二度と生じないだろう」

ゲルヌクは身振りで別れを告げた。四名の護衛がかれを近くの格納庫ハッチまで連れていく。そこでゲルジョクの搭載艇が待っていた。テドル・コスマスに案内されて、自分の艦から《バジス》まで乗ってきたのだ。《ナルドゥ》の突入コマンドはそのあいだにゲルジョク艦を排除していた。一時間前には《バジス》に地獄を見せたゲルジョクとサウパン人の艦隊は、もうどこにも見当たらない。

ローダンは唇を噛んだ。平和のための嘘は許されるのだろうか？　実現しないとわかっている希望を語るのは正しいことなのか？　ゲルジョクのようなセト＝アポフィスの補助種族がここにいるのは、フロストルービンをつなぎとめている封印を解くためだ。一方、《バジス》の任務は封印を強化し、フロストルービンが二度と動きださないようにすることだった。任務の対象が同じなのに、どうして衝突しないはずがある？　それでも、ほかにいいようがなかった。フロストルービンの前庭は広大で、数千光年の幅がある。自分は侵入者であり、弱い立場なのだ。敵の安全もできるかぎり確保しなくてはならない。そうすることで行動の自由を得られ、任務を完了するチャンスも生まれるのだから……たとえ圧倒的な力がそれを阻止しようとしても。ローダンは口のなかに苦みをおぼえた。それでも、だれもかれを非難することはできない。ゲルヌクに真実を告げれば、《バジス》とその乗員に危険がおよぶかもしれなかった。嘘はいまでも外交の信頼できる道具なのだ。

かれは、その場にいながらずっと黙っているテドル・コスマスに顔を向けた。

「ゲルジョクを攻撃したのか？」

「防御はしました。攻撃されたのはこちらです」

「部下を危険にさらしたことはわかっているな？」

コスマスの眉間《みけん》にしわがよった。

「いえ、そうは思っていません。敵は強い中性子線を放射する砲弾を撃ってきて、そのあと三隻の搭載艇で艦内に突入しようとしました。われわれが死んだと思ったのでしょう。そのため、反撃は奇襲のような効果をあげました。麻痺砲により、敵は数時間のあいだ身動きできませんでした。ゲルヌクが動けるようになると、わたしは《ナルドゥ》の技術装置を見せました。かれにとり、ほかに選択の余地はなかったのかもしれませんが、ゲルヌクは自分の意志で《バジス》に同行することにしたんです。この宙域に再物質化してみると、《バジス》がゲルジョクとサウパン人の艦隊に攻撃されていました。われわれは《ナルドゥ》を見学させたあと、いっしょにゲルジョク艦にもどったのですが、ゲルヌクはおびえていました。《バジス》の船長がしびれを切らして反撃してきたら、なにが起きるかわかったのでしょう。説得に時間はかかりませんでした。ゲルヌクは自転する虚無の周辺に配備されているゲルジョク艦隊全体の司令官でしたから、全艦に攻撃の中止と撤退を命じたのです」

「《ナルドゥ》に向かってきた三隻の搭載艇はどうなった？」

コスマスは笑い声をあげ、つまらなそうに片手を振った。

「スタート前に撤収させましたよ。あれほどびっくりした相手を見たのははじめてです。最後の瞬間まで、なにが起きたのかわかっていませんでした」

ローダンは長々と考えこむようにコスマスを見た。相手はまばたきもせずにその目を見つめかえす。

「そちらが《バジス》の状況を知りようがなかったという前提で考えよう。きみがたんなる冒険心からゲルジョクと小競《こぜ》り合いをはじめたわけではない、と、だれがいえるだろうか？」

コスマスは苦い表情で、真剣に答えた。

「ウェイロン・ジャヴィアからいろいろ聞かされたんでしょう。無責任で軽薄な男だと思われているのはわかってます。ですが、実際は……」

「ウェイロンの評価がほんとうにそんなに低かったなら、きみはいまの地位にはいなかったろうな」ローダンが相手の言葉をさえぎっていう。

「そうだとしても、信用はされていません。そのくらいはわかります。ほかの艦長たちほど任務をあたえられませんし。ひまつぶしで危地におもむいているわけではない、と、機会を見ては説明しているんですが。今回も、さっさとゲルジョクの前から逃げださなかったのには理由があります。わたしなりの計画があり、目的も達成しました。でも、《ナルドゥ》の今回の任務について、二週間後にジャヴィアにたずねてみてください。わたしがあげた成果などすっかり忘れ、ただかぶりを振って、〝テドル・コスマスにはわたしの白髪《しらが》を増やす才能しかない〟というでしょう」

　ローダンはじっと耳をかたむけた。

「きみなりの計画とは、どんなものだ？」

「ここに駐留している異種族が自転する虚無について知っていることを、探ろうと思ったんです。関連情報を艦載コンピュータから取得する計画でした。ゲルジョクの司令官を押さえることができたのは、まったくの幸運な偶然ですが」

ローダンは内心でかれに謝罪した。この若い艦長は思った以上に思慮分別がある。フロストルービンの謎をセト＝アポフィスの補助種族から探りだすというのは、この任務に携わる戦略家から出てくるべきものだったはず……一巡洋艦の若い艦長からではなく。

「なにかわかったのか？」と、ローダンはたずねた。

「暗号データを復号する時間がありませんでした。なにしろ記憶バンクの総容量には、推定で百億をこえるデータがふくまれますから。おまけに、こっそりやらなくてはなりませんでした。ゲルヌクやほかのゲルジョクに知られたくなかったので」

「暗号専門家がなんとかするだろう」ローダンはうなずいた。「イホ・トロトも協力するはず。ゲルジョクの情報技術にくわしいから」そういって、コスマスに片手をさしだす。「きみに対する態度がきびしかったとしたら、すまなかった。そんなふうに接するべきではなかった。ウェイロン・ジャヴィアには、否定的な見方をあらためるよう伝えておこう」

「感謝します」コスマスは顔を輝かせ、さしだされた手を強く握った。「自信になります。こんどウェイロンと会うときは、このことを思いだすようにします。報告をもとめられていますから……まちがいなく、わたしを絞めあげるつもりでしょう」

ローダンはかれの背を見送り、その背後でドアが閉まると笑みを浮かべた。

「若さは大切だな」そうつぶやいたあと、首を振って先をつづける。「いや、年齢は関係ない。すくなくとも、直接には。こだわらないこと、それだ！　こだわりのなさが大切なのだ……」

＊

ゲルヌクが細長い宇宙船で宇宙の深奥に姿を消すと、《バジス》は動きだした。ローダンはゲルジョクとサウパン人に襲われたポジションの近くにとどまるのが戦略的に賢明だろうと考えた。そこがゲルヌクの管轄だとわかっているわけだから。同じ自転する虚無の周縁部でも、はるかにはなれた宙域がどんな情勢になっているかはだれにもわからない。

巨大船は非物質的な自転エネルギーの奔流が渦巻く恐るべき虚無の縁から、数千キロメートルほどのところまで前進した。走査データからコンピュータが構成した映像を見ると、そこらじゅうを漂っている宇宙の瓦礫が、くっきりした境界線から先にはいっさい存在しないのがわかる。まるで、巨大なナイフで切り落としたかのようだ。

ローダンが司令室にあらわれた。ジャヴィアが笑顔で挨拶する。

「なにもいう必要はありません。もうわかりましたから」

ローダンは即座にその意味を悟った。

「テドル・コスマスに対する意見を変えたのか？」

「ええ、百八十度変えました。あの若者は、いままでわたしが考えていたより十倍は優秀なようです」

「だれにも思い違いはある」ローダンがなぐさめるようにいう。「データの評価はもうはじめているのか？」

「すでにかなり進展しています。ハルト人の協力がなければかなり困難だったでしょう。イホ・トロトがゲルジョクの情報コードと、かれらのコンピュータのアーキテクチャと、データ構造を知っていたので助かりました。テドル・コスマスが持ち帰った暗号情報の復号がいちばんかんたんだったくらいです。大量のデータを閲覧して整理するのは、もっとずっとむずかしいでしょう。鳥型種族のメンタリティがわれわれとは異なることも考慮しなくてはなりません。重要なデータとそうでないデータを区別することさえ、かんたんではないと思います」

ローダンにとっては耳新しい話ではなかった。異知性体を理解するとき、つねに起きる問題だから。さまざまなデータ構造や情報コードに関して質問するとき、重要なのは外形的・論理的な答えを得ることだけではない。異種族のメンタリティがデータの内容をどのように色分けし、ほかのデータとどのように関連づけているかを人類の知性の前に提示する、内面的・非論理的な問題の解決が不可欠なのだ。

「コスマスが運んできた岩塊だが……なにかわかったことはあるか？」

ウェイロンは首を振った。

「専門家が慎重に調査しています。ロボットによる化学分析の結果に不安な要素はありませんでした。どこにでもあるただの岩です。ただ、それに近づいた人間は全員、脅威が迫っているような、いやな気分になりました。化学的・物理的な方法では発見できない危険がかくされているのかもしれません」

船長のコンソールの陰にある暗がりから、不ぞろいなコンビがあらわれた。ウェイロンの七歳の息子、悪童オリーが、タンワルツェンの手を握って立っている。ブロンドの髪をうしろで束ねた青い目の少年は、子供らしいエネルギーに満ちていた。中背のタンワルツェンの顔は張りだした頰骨が目立ち、肌はあばただらけだ。猫背で扁平足ぎみのため、その歩き方はよたよたした印象だった。《ソル》のもとハイ・シデリトは息を切らしていた。かれが少年の手を引いているのではなく、悪童オリーのほうがタンワルツェンの手を引いて、〝自分の〟宇宙船の秘密を見せてやっているらしい。相手が見たがっていようといまいと。

「なんとすばらしい船なんだ！」タンワルツェンは片手で額の汗をぬぐった。「人間がこんな巨大なものを動かせるなんて、思ってもいなかった」

それはウェイロン・ジャヴィアとペリー・ローダンに向けた言葉だったが、悪童オリーに聞かせるためでもあった。タンワルツェンは《バジス》をすみずみまで知っている。

この任務に招請される前に、その機会があったから。オリヴァー・ジャヴィアが経験豊富な宙航士のような態度で案内した場所で、タンワルツェンの知らないところはなかった。それでも、かれは感嘆するふりをした。そうしないと、少年はいつまでもかれを引きずりまわそうとするだろう。タンワルツェンは息を切らし、顔をゆがめ、もう限界だということをわかってくれるよう懇願した。

「おもしろかったよ」悪童オリーがいった。「アヒルのタンってば、大きな船のなかをはじめて見るみたいに驚くんだから」

「アヒルのタン？」ウェイロン・ジャヴィアは眉間にしわをよせた。

「あの歩き方を見てないの？」少年はタンワルツェンのずんぐりした短い脚を指さした。「アヒルみたいに歩くんだよ。それでぼくは……」

「やめなさい、オリー！」ジャヴィアが鋭く制止した。「これから数時間、しっかり読書したほうがいい……あるいは、本のかわりにチューブを使うか。他人に対する思いやりと敬意を教えこむ必要がありそうだ」

悪童オリーはふくれて口をとがらせた。そのとき、ハミラー・チューブの声が聞こえた。

「それならもう一年前からやっています、サー。残念ながら、成果はあがっていませんが。威厳ある父親からの支援がないと、なかなかうまくいきません」

ジャヴィアはおもしろくなさそうな笑い声をあげた。

「威厳ある父親？　だれに期待しているんだ？　わたしかね？　やれやれ、誠実な友ハミラー、きみは空想家だな！」

「わたしのキャビンにおいで、悪童オリー」ハミラー・チューブは少年に呼びかけた。「きょうは〝媒介的ベクター野球〟をやってみよう」

オリヴァーの顔がぱっと明るくなった。

「すごいや！　すぐ行くよ」

次の瞬間には、少年はもう司令室から姿を消していた。タンワルツェンは申しわけなさそうにそれを見送った。悪童オリーに呼ばれたあだ名のせいで、頰がやや赤くなっている。

「腕白坊主だな、ウェイロン」と、賞讃をこめていう。

「父親も承知しているさ」ローダンが笑いながらいった。「いまさらいうまでもないことだ、アヒルのタン」

＊

二時間ほど休めばよかったのだろうが、ローダンはもう疲れを感じていなかった。無害な睡眠薬を使えばすぐに眠れるのはわかっていたが、薬は嫌いだったし、経験上、眠れないのは無意識がなにかを伝えたがっているときだとわかってもいる。ほんとうに重大な決断をくださなくてはならない場面は生涯に何度もあったが、それはつねに、本来ならぐっすり眠っているはずの時間だった。

ワインを一杯飲み、割り当てられたキャビンの居間でゆったりとくつろぐ。しばらくは自由に思考を遊ばせたが、すぐにひとつの考えがくりかえし、傲岸《ごうがん》なほど執拗によみがえって、脳内のほかの活動をすべて駆逐しようとすることに気づいた。それはこの数日、さまざまな出来ごとのおかげで脇に押しやっておくことができた、いまはわずらわされたくない考えだった。ただ、この任務が完了するまで、〝彼女〟が意識から消えることもないだろう。彼女のことを考えないようにすれば、そのぶんだけ効率があがり、フロストルービンの謎を解いて、最初の究極の問いの答えを得ることができるはずだが。

それでも考えずにはいられない。すわり心地のいいシートに腰をおろし、中央ヨーロッパ産のやや甘口のワインをすこしずつ飲みながらくつろいでいると、つねに心の目にその姿がうつり、低く柔らかな声が蠱惑《こわく》的な言葉をささやくのが聞こえてくるのだ。

グラスの中身をひと息に飲みほし、勢いをつけて立ちあがる。キャビンの壁面には《バジス》のポジトロニクス・ネットにつながったデータ表示画面があった。そのスイッチを入れ、指示する。

「情報をくれ」

「どんな情報でしょう?」ロボット音声が応じた。

ローダンはためらった。これはたんなる気晴らしだ。なにをたずねようか?

「銀河遺伝学」と、簡潔に答える。

画面上に銀河遺伝学の下位項目のリストが表示された。カーソルをその行に動かして確認キイを押すと、リストが消え、星間ウイルス学の関連項目が一覧表示された。そのなかから適当に、"異質なRNA類似構造の構成におけるシリコン・ヌクレアーゼの役割"というタイトルを選ぶ。

「自分で読みますか? わたしが読みあげますか?」ロボット音声がたずねた。

「自分で読む」と、ローダン。

冗長なテキストはおもしろいものではなかった。半分ほどしか理解できない。微生物学という分野に、ここ最近の一過性の関心以上のものを感じているわけではないから。むしろ、アーカイヴに記憶された情報に付随する統計データのほうが興味深かった。日ごと、週ごと、月ごとに、いつ、どのくらいの頻度で、どこからその情報が参照されたかがわかるのだ。驚くべきことに、シリコン・ヌクレアーゼの異質な基礎物質に関する参照件数が、この一週間で激増していた。直近の二十四時間で十九回、一週間で百三十五回にもなる。さらに奇妙なのは、記録を見るかぎり、アクセスがほぼすべて同じデータ端末からなされていることだった。

そのとき、目から鱗《うろこ》が落ちたような感覚があった。コンピュータにデータ端末の使用者の名前をたずねたとき、すでに答えはわかっていた。表示装置のスイッチを切り、インターカムに呼び出しコードを打ちこむ。画面にシンボルがあらわれ、相手が映像通話を望んでいないことをしめした。ささやくような声がたずねる。

「どなた？」

「ゲシール、話がある」ローダンが答えた。

＊

ゲシールを腕に抱いたとき、どうやってこれほど長く彼女なしですごせたのか、もうわからなくなっていた。どうすればくる日もくる日も彼女のことを考えないようにできたのか、まるで理解できない。わたしはおろか者だ、と、ローダンは思う。それでもなお、目を閉じると、深淵の騎士任命式がおこなわれたケスドシャン・ドームのようすが浮かびあがってくる。ローダンはそこで、とどろくような声に、今後はコスモクラートのために活動するよういわれたもの。

「どうしてずっと会ってくれなかったの？」低い声がかれを現実に引きもどした。「会いたかったのに」

ローダンは抱擁を振りほどいた。大きな目がかれを見つめる。そこには黒い炎が燃えていた。黒髪が古典的な造作の顔をとりまいている。わずかに開いた豊かな唇は、かれが何日も希求しながら認めることのできなかったものを約束していた。

「重要な仕事があったのだ」こんな堅苦しい返事ではだめだ！　かれは無理をして、からかうような笑みを浮かべた。「きみは男に重要な仕事を忘れさせる方法を心得ているからな。わたしもその例外ではない。だが、きょうは人類を代表してやってきた。人類のため、わたしがきみにかまけている余裕はないんだ」

「そんなに悪いことかしら？」ゲシールは笑みを返した。

「悪いこと？　やれやれ、魔女のきみには、楽園がどんなものか想像もつかないだろうが……」

途中でいいやめ、片手で額をこする。なんということだ。まだほんの五分しかたっていないのに、一週間ほどうまく抵抗できていた甘美な魔法に、たちまちまた囚《とら》われようとしている。

「もっと話をして」ゲシールがうながす。

ローダンは首を振った。

「だめだ。きょうは訊きたいことがあってきた。《バジス》のアーカイヴを頻繁に利用しているようだが、シリコン・ヌクレアーゼとＲＮＡの代替物について、なぜそんなに興味があるのか教えてもらいたい」

彼女がどんな反応をしめすか、確信はなかった。明るい笑い声に意表をつかれる。

「わたしがアーカイヴからどんな情報を得ているか調べるくらい、信用していないわけ？」ゲシールは大声で指摘した。

「たまたま発見したのだ」ローダンはそういって非難をしりぞけた。「それに、信用されていないと文句をいえる立場ではないはず。謎めいた態度を見せて疑念を招いているのはきみ自身だろう」

彼女の快活さはたちまち影をひそめた。ローダンに背を向け、数歩進んで、シートに腰をおろす。

「もちろん、あなたのいうとおりよ」暗い口調だった。「全面的にね。ただ、一点だけをのぞいて」顔をあげると、黒い目に嘆願するような表情が浮かんだ。「謎めいた態度を見せているわけじゃなくて、わたし自身が謎なの。自分でも出自がわからない。どんな力が働いて、わたしにあれやこれやをさせているのかも。自分がだれだかわからなくて、答えを探しもとめているの。あなたに質問されても、とまどうばかりなのよ」

これは本心だと思えた。ローダンは自分のおろかさを痛感した。ここにきて、単純な質問をし、答えを得て、出ていけると思っていたとは。ゲシールに関わることはなにもかも、そんなに単純ではない。

「きみが苦しむことになるなら、この話はしなくてもいい」かれは急いでそういった。

「いいえ」ゲシールは片手を振った。「ひとつ重要に思えるのは……なぜかは知らないけれど……キウープの意図がなんなのかっていうことなの」

またただ！　彼女は数週間前から、なんとしてもキウープを探しだすようしつこくローダンに迫っていた。宇宙の捨て子のヴィールス研究者は、ポルレイターの最後通牒《つうちょう》に関わる混乱のなか、なんのシュプールものこさずに消えてしまっていた。かれが最後にしていったのは、セト＝アポフィスにプログラミングされたスプーディからゲシールを解放することだった。この手の〝超ヴィールス〟が頭皮下に入ると、自動的にネガティヴ超越知性体の工作員になってしまう。帰還した《ソル》の乗員は全員がその状態で、危機を脱することができたのはキウープのおかげだった。ぎりぎりのところで全員の超ヴィールスをとりのぞくことができたのだ。

「キウープはヴィールス・インペリウムの再建に従事していたわ。どう考えればいいのかはわからないけど、まにあうようにキウープを見つけることが、わたしにとってとても重要だと感じるの」

ローダンを見つめるゲシールの黒い目に涙が浮かんだ。

「わかる？　わたしの存在が……わたしの命がかかっているの！　キウープを見つけないと！」

どうしようもなかった。とほうにくれたようすのゲシールをむげにはできず、身を乗りだして、あらためて抱きしめる。ローダンは黒髪をなでながらささやいた。

「心配はいらない……キウープは見つけだす」

ローダンはその夜を……《バジス》船内で夜ということになっている時間帯を……彼女のそばですごした。乗員の大部分が非番になり、船内各所の照明が低照度になる時間帯を。

5

「雪崩《なだれ》効果だと?」ペリー・ローダンは確認するように聞きかえした。

テドル・コスマスがゲルジョクの宇宙船のコンピュータ記憶バンクに侵入して奪取したデータの解析任務についていたのは、イホ・トロトだった。

「雪崩効果だ」ハルト人がくりかえす。「ゲルジョクの文書から、われわれの仮説が正しいと証明された。この宙域には二種類の物質が存在する。かつての矮小銀河にあった物質が〝凍結〟したものと、制動物質だ。これは、自転する虚無の自転エネルギーが物質化したものにほかならない」

「なるほど。それで、雪崩効果というのはなんです?」ジェン・サリクがたずねた。

「自転する虚無のエネルギーを制動物質に転換するというのは、いささか困難で効率の悪いプロセスだ」トロトが意気ごんで解説する。「ただ、制動物質はもう自転する虚無の一部ではないものの、物質を失ったあとの自転エネルギーと、ある種のつながりを維持している。そう考えないと、大量の制動物質が存在すればするほど、転換がかんたんになる理由が説明できない」

「それは一般的な現象なのか？」と、ローダン。「それとも、局所的な事情が関与しているのだろうか？」

ハルト人は強靭《きょうじん》な歯をむきだして笑った。

「自分が聞きたいことをいわせようとしているな、ちびさん。実際、ネガティヴ超越知性体の補助種族であるゲルジョクたちは制動物質を局所的に集中させ、自転する虚無がその場でやすやすとエネルギーを放出できるようにしている。それを雪崩効果と呼んでいるわけだ。ちいさく限定された範囲に大量の制動物質があれば、その後はさらにかんたんに制動物質が生じるようになる。必要なエネルギーがちいさくなるから。ゲルジョクの仮説によると、充分な量の制動物質を生成してしまえば、そのあとはエネルギー消費なしで、自転する虚無が自力でエネルギーを放出するようになるらしい」

考えこむような沈黙がおりた。トロトの話が、セト＝アポフィスの補助種族に対抗してフロストルービンの封印を強化する方法を示唆していることはわかる。《バジス》にはむだにできる時間はなかった。銀河系住民がペリー・ローダンとコスモクラートのリングを待っているのだ。あとわずか数日で、制動物質の局所集中をすべて排除するのは不可能だが、着手することはできる。封印を解こうとするセト＝アポフィスの意図をくじき、作業を数カ月、あるいは数年ぶん後退させるには充分だろう。ただ、困難がともなうのもたしかだ。ローダンはそのことを言葉にする必要があった。

「制動物質の集中を排除する方法はいくつか考えられる。そのさい、見すごすことができないのは、集中している周囲に……あるいはなかにまで……ゲルジョク、サウパン人、フィゴ人など、セト＝アポフィスの補助種族が展開していることだ。トロトの報告で状況はわかっている。われわれの使命は、知性体の生命を奪うことなく制動物質の集中を排除すること。どうやって達成すればいいのか、いまはまだわからないし、時間がたっぷりあるわけでもない。全員、知恵を絞って、必要な方法を考えだしてもらいたい」

＊

ローダンは自室にもどった。ゴールに一歩近づいて、多少はほっとしている。もう故郷銀河への帰途についたも同然だ。前夜と同じくワインを一杯飲み、ゲシールのことを考えてもおちついていられる。昨晩の思い出はおだやかな光のようにかれの心を温め、よろこびで満たした。自分をゲシールをめぐるライバルと見ている、地球にのこったアトランのことは、脇に押しやっていた。

なかにコスモクラートのリングをおさめた、何重にも安全装置のかかった保管庫を開ける。ローダンはアクアマリンのようにきらめく謎めいた物体をとりだし、腕にはめた。効果があらわれるのを、いつものように待つ。だが、やはりコスモクラートのリングは生命を持たない物体のように反応がない。奇妙な素材からくる冷たさが感じられるだけだ。ドゥールデフィルを発見し、リングを手にいれて以来、何度めになるかわからないが、かれはまたしても自問した。この死んだ物体が、どうやってポルレイターを正気にもどせるのだろう、と。

そんな意識の背後で、あらたな考えがかたちをとっていた。コスモクラートのリングのことも、ポルレイターのことも忘れ、意図しない思いが形成されていく。それは《バジス》に存在するもっとも破壊的な兵器、断裂プロジェクターをめぐる思いだった。正式名称は〝セルフィル＝ファタロ装置〟という。ネーサンはトレヴォル・カサルのアフィリー政権下で、正式な指示がないまま、古い計画にしたがって《バジス》を建造した。巨大船がルナ内部の工廠《こうしょう》から進宙したとき、つくりつけられていたのがこの装備で、セルフィルとファタロはこれを開発したアフィリカー技術者の名前だ。実際の原理は、天才的な物理学者で武器技術専門家だったカハシュによる。カハシュはアフィリカーにしては遠慮がちな性格で、完成した装置に自分の名前を冠することを放棄した。

これで問題は解決だ！　断裂プロジェクターの射程は十八光年におよぶ。ローダンは遅くとも五十時間後にはテラへの帰還の途につくことを決意していた。大規模な物質集中ポジションを確定するのに一日、制動物質の塊りをできるかぎり消滅させるのにもう一日あればいい。

セト=アポフィスの補助種族には警告を伝える。イホ・トロトがかれらの言語で適切な呼びかけをつくれるだろう。警告にはデモンストレーション映像を添付し、物質集中ポジションから退避しない場合、サウパン人、ジャウク、ゲルジョク、フィゴ人がどれほどの危険にさらされるかを明確にする。行動にうつるのはそれからだ。

《バジス》が機敏であることを証明しなくてはならない。この数日の計測結果から、自転する虚無は厚さ百光年、直径二千光年の円盤形であることがわかっている。セルフィル=ファタロ装置の射程距離は十八光年しかないから、自転する虚無の周辺にひろく分布する物質集中を粉砕するには、すばやい機動がもとめられる。敵超越知性体の補助種族は全力をあげて《バジス》の計画を阻止しようとするだろうから、なおいっそう敏速さが必要だった。

断裂プロジェクターはテラのトランスフォーム砲と、レムール人が開発した秘密兵器、定常亀裂ニードルポイント砲を組み合わせたものだ。レムール語の〝断裂〟とは、アインシュタイン連続体に生じた、べつの宇宙に遷移できる亀裂をさす。断裂プロジェクターが射出する弾体は、その弾道の大部分がハイパー空間を通過する。すなわち、光速の数百万倍の速度が出ることになるため、標的に対しては、シュヴァルツシルト・ブラックホールに似たような効果をもたらす。影響範囲内のあらゆる物体は加速しながら特異点に引きよせられ、消滅する。並行宇宙に投げだされるのだ。弾体の大きさは標的の質量で決まる。すなわち、弾体の大きさを変えればシュヴァルツシルト半径を調整できるということ。最大で四光分まで拡大できる。影響範囲の最大直径は一億四千四百万キロメートルだ。それほど大きな物質集中は、これまで発見されていない。

ローダンの計画がかたまってきた。細部がかたちをなしてくる。セト＝アポフィスの補助種族への警告は包括的なものになるだろう。制動物質が集中する領域はすべて消滅させなくてはならない。《バジス》がどの領域を標的にするかは、ぜったいに敵に知られてはならない。いずれにせよ、困難な作業になりそうだ。もっとも大きな物質集中の近くでは、ゲルジョク、サウパン人、フィゴ人、ジャウクが《バジス》を待ち受けているだろう。

それでも実行は可能だ。うまくいくという確信もある。ローダンは腕からコスモクラートのリングをはずし、疑わしげな視線を向けた。これをはめたとたんに名案を思いついたのが奇妙に思える。

「いったい何物だ？」と、なかば自問するようにたずねる。「独自の思考をしているのか？」

不思議に思いながら、貴重な品を保管庫にもどす。その晩はコンピュータ・シミュレーションの助けを借りつつ、計画を最終的に詰めてすごした。目的達成のために除去する必要がある物質集中の総数を算出し、セルフィル＝ファタロ装置の標的となる対象の位置と範囲を決め、《バジス》の機動を計算する。第一の目的はできるだけ早く作戦を完了することと、第二はセト＝アポフィスの補助種族の目をくらませることである。シミュレーションの結果は記憶バンクに保存し、コンピュータ・ネットワークにウェイロン・ジャヴィア宛てのメモをのこして、保存した計画に目を通すよう指示した。

＊

ジャヴィアがメモを見たのは、サンドラ・ブゲアクリスと交代するため、真夜中に司令室にきたときだった。時間をかけてローダンの計画を検討し、チーフが夢も見ずに眠っているあいだに準備を開始する。

テドル・コスマスは機敏な高速巡洋艦十四隻で小艦隊を編成するよう指示を受けた。全艦が探知ゾンデと中継用ハイパーカムを装備し、最短時間で広範な探知・通信ネットワークを敷設して、敵部隊の動きを監視できるようにする。航行コースは艦ごとに厳密に設定されていた。各艦長は敵超越知性体の補助種族と接触せず、作戦ポイント近傍に敵艦が出現したら、ただちに逃走するよう命令された。

砲手たちはそのあいだ、ローダンが指定した物質集中を除去するのに必要な弾体の質量を計算した。デモンストレーションでは最大の断裂を引きおこす予定だった。セルフィル＝ファタロ装置の威力を見せつければ、敵はテラナーの警告を真剣に受けとったほうがいいと考え、制動物質が集中している宙域から退避するだろう。

五時間の休息を終えたローダンは、ただちに準備状況の報告を受けた。ジェン・サリクとタンワルツェンと朝食をとっていると、イホ・トロトが近づいてきた。ハルト人はローダンの計画を聞いておらず、その場で説明を受けた。

「補助種族が撤退を拒否したらどうする？」トロトが考えこみながらたずねる。

「こちらの手が縛られることになるな」と、ローダン。「数千の罪なき知性体を並行宇宙に投げこむつもりはない。拒否される可能性があるだろうか？」

「考えにくいだろう」ハルト人は大きな笑みを浮かべた。「《バジス》の逃げ道をふさいで破壊するためにも、撤退はするはず。たぶんこちらの動きをしばらくじっと観察し、パターンを読みとり、再物質化しそうなポジションを計算するだろう」

「それはわたしも予想していた」と、ローダン。「ただ、わたしの計画では、除去すべき物質集中はそれぞれ遠くはなれていて、《バジス》はそれらを最短時間で結ぶコースをとらなくてはならない。次の出現ポジションを予想するのは困難だろう。最悪の偶然でもないかぎり……」

かれは途中で言葉を切り、トロトは話題を変えた。

「背教者たちは安全だ。かくれ場は物質集中から遠くはなれている。さもないと、すぐにシュプールを追跡されてしまうから」

背教者……メンタル・ショックを体験し、それを乗りこえて以来、セト＝アポフィスの影響を脱した者たちのことだ。かれらは宇宙の瓦礫フィールドにある見捨てられたプラットフォームに身をかくし、宇宙船を奪取して故郷惑星に帰還するチャンスを待っている。

「メンタル・ショックに関するあなたの報告を見なおしてみたのですが」ジェン・サリクが口をはさんだ。「ヒュプノ誘導の刺激を受けても、やはり細かい点は思いだせませんか？」

ハルト人は巨大な頭を左右に振った。

「希望はない。記憶がからっぽなのだ。メンタル・ショックに関係する出来ごとはあまりにも非現実的で、通常の意識には消化しきれなかったのだろう」

「気になっているのは、あなたが体験した状況が、べつの話に出てきた〝デポ〟とつながりがあるのか、という点です」サリクは食いさがった。

「わからない」トロトが悄然《しょうぜん》と答える。「何百回も自問してみたのだが。〝デポ〟というのは、セト＝アポフィスがわたしを呪縛したとき意識のなかにあらわれた概念で、わたしの旅の目的地だった。わたしは長いこと、ツインクエーサーが〝デポ〟だと誤解していた」

サリクは異論を述べようとしたが、言葉を口にする前にインターカムが鳴った。ローダンが応答する。相手はジャヴィアで、準備が完了したとのこと。最後の一隻だった《ナルドゥ》も格納庫に帰還した。自転する虚無の周囲全体に送信する警告文も用意され、あとはセト＝アポフィスの補助種族の言語に翻訳するだけだった。

＊

「ゲルヌクに告げたことをくりかえす。われわれに敵意はない。ここにきたのは任務をはたすためだ。知性体を傷つける意図はない。このメッセージに添付した座標にいる者は、ただちにそこから、すくなくとも十五光分はなれてもらいたい。そうすればいっさい危険はない。どのような危険なのか明確にするため、以下のポジションでデモンストレーションを実施する……」

そのあと、直径一億四千四百万キロメートルの球形空間のポジション・データが送信される。そこにはある程度の物質が密集していた。制動物質の集中にはちがいないが、大きさは全体の序列のまんなかあたりだ。つづいて、〝すべての〟物質塊の座標を送信。テラナーが座標を把握しているのは全物質塊のほんの一部なのだが、それを受信者側に知らせてはならない。

警告文と座標は一標準時のあいだ、くりかえし送信された。コスマスと部下たちが構築した探知ネットワークからは、あちこちで数隻の敵艦が動きだしただけ、との報告が入る。セト＝アポフィスの補助種族は、まだ警告を真剣には受けとっていないらしい。これはローダンの予想の範囲内だった。ゲルヌクのような相手が、かんたんにおびえて逃げだすわけがない。告知された危険が存在するという確固とした証拠があって、はじめて動きだすのだ。

一時間後、送信を終了。警告文は三種類の言語で送りだされた。ほかにトロトの知らない補助種族がいた場合や、言語が……サウパン人のように……模倣できない種族については、各種族間で日常的にやりとりがあることを期待するしかない。そうであれば、送信機に接続したトランスレーターでは対応できない言語でも、警告内容が伝わるだろう。

ローダンは司令コンソールの前にすわっていた。走査スクリーンには遠距離中継で二カ所の映像が表示されている。これがデモンストレーションの標的となる宙域だった。

オフィスビル程度のものから小惑星サイズまでさまざまな数十万個の瓦礫片が、宇宙空間をゆっくりと漂っている。標的までの距離は十五光年だ。探知ネットワークが標的宙域に接近する異宇宙船四隻をとらえた。どんな任務を帯びているかは明らかだ。デモンストレーションを間近から観察し、ついでに《バジス》の姿も……デモンストレーションの現場近くにいるものと思っているはず……とらえようというのだろう。かれらが断裂プロジェクターの発射を探知するとき、実際には《バジス》は十五光年はなれたポジションにいるわけだ。ローダンはぐっと気分が軽くなるのを感じた。これで敵はテラの技術にさらなる敬意をおぼえるはず。

ローダンがセルフィル＝ファタロ装置を作動させるための、光るタッチ・パネルに手を伸ばすと、薄暗い司令室内がしずまりかえった。船載兵器のなかでもっとも威力の大きい武器が発射される。だが、反動はまったくなかった。転送機で物体を送りだしたようなものだ。弾体が光速の数百万倍でハイパー空間を駆けぬける……十秒、十五秒、二十秒。探知スクリーンに閃光が走った。操作スクリーン上のくすんだ光点の数々が、まるでだれかがモニターのスイッチを切ったかのように、いっせいに消滅。一瞬前まで存在していた宇宙の瓦礫は、すべて異宇宙に投げこまれていた。

断裂弾体がハイパー空間から物質化して爆発すると、一瞬、数千の恒星をひとつにしたような、まぶしく青白い光球が生じた。重力崩壊によって解放されたエネルギーだ。ただ、その光が《バジス》の現在ポジションに到達するのは十五年後になる。

ローダンは顔をあげ、真剣な表情でいった。

「次の一時間で、われわれの計算が正しかったかどうかわかるだろう」

＊

「撤退していきます！」

ウェイロン・ジャヴィアの声は驚きのあまり平坦な、力ないものになっていた。その瞬間、かれが計画の成功を信じていなかったことがわかった。

いくつもならんだ探知スクリーン上に、星間航行用宇宙船の強力なエンジンが作動したことをしめす光点が次々にあらわれた。光点の動きは特徴的だが、肉眼ではよくわからないものもある。距離が遠すぎるせいだ。《バジス》からもっとも遠い制動物質の集中は二千光年の彼方、自転する虚無の〝反対側〟になる。

それでもコンピュータはわずかな動きも見逃さなかった。ポジトロニクスにしかできない速度でもっとも遠い艦の動きを計算し、敵部隊の加速度を三百から四百キロメートル毎秒毎秒と算出する。エンジンの能力を限界まで絞りだしているようだ。宇宙船の加速能力でいえば、テラや宇宙ハンザの艦隊や、ここ数百年のGAVÖK艦隊に匹敵する宇宙船を保有する星間文明はほとんど存在しない。

そんな状態は数分間つづいただけだった。光点が瞬間的に明るくなり、異宇宙船が制動をかけたことがわかる。そのあと数分間は徐々に速度が落ち……突然、すべての光点が消滅した。まるで、ならんだ蠟燭《ろうそく》の炎をだれかがひと息に吹き消したかのように、画面が空白になる。

その意味は判然としなかった。計算上は、全艦が警告した十五光分のラインの外に退避したと確認できる。だが、光点が消えたのはハイパー空間に遷移したせいなのか、エンジンを停止させ、テラナーに発見されにくくしただけなのか、判断がつかなかった。

それでも警告した宙域に宇宙船はいなくなった。ローダンにとって、重要なのはそれだけだ。敵艦の奇妙な機動は気になるが、理由を分析している余裕はなかった。時間は刻々と過ぎていく。テラが待っているのだ。

《バジス》が動きだした。数分後には最小限のエネルギー消費で仮想Gポイントをメタグラヴ・ヴォーテックスに変換できる速度に到達。巨大船はハイパー空間に遷移し、その直後に最初の標的からわずか八光年はなれた位置に物質化した。

コンピュータがただちに標的を捕捉する。ローダンは断裂プロジェクターを作動させた。探知スクリーンに閃光が走り、弾体が標的の中心で爆発する。《バジス》はすぐにまた動きだした。アインシュタイン連続体にとどまっている短時間のあいだ、敵艦隊の活動は見られなかった。

作戦は予定どおり進んだ。ハイパー空間を跳躍……断裂プロジェクターを発射……次の跳躍。まるで子供の遊びのようだ。司令室には楽観的な空気がひろがった。探知スクリーンに閃光が走るたび、大きな喝采が起きる。セト＝アポフィスの補助種族は介入してこない。標的にした制動物質の集中は、すでに半分が除去されていた。ひろく薄暗い円形の司令室では、これ以上ないほど意気があがっていた。あと二時間で、《バジス》はテラへの帰途につく!

浮かれた空気に染まっていないのはペリー・ローダンだけだった。内心の不安を感じていたのだ。あまりにも順調すぎる。かれは二千年にわたる経験から、かんたんな作戦でも予期しない困難に遭遇することを学んでいた。ましてや、この作戦はかんたんとはほど遠い。苦笑しつつ、マーフィーの法則を思いだす。欲求不満のエンジニアが日常生活のなかから智恵と真理を集めたもので、二十世紀後半に定式化された。そこにいわく、〝失敗する可能性があることは、かならず失敗する！〟

《バジス》は最後から二番めの標的に向かった。物質塊から三光時はなれたポジションでハイパー空間から遷移したとたん、大きな警報音が司令室の喧噪《けんそう》を圧して響いた。

「気をつけろ、なにか起きたぞ！」ジャヴィアがつぶやき、あわただしく明滅する表示を見つめる。「エンジン出力低下、グラヴィトラフ貯蔵庫からの出力が上昇……だれかがエネルギーを吸いだしています！」

ローダンは被害報告の表示に目をやった。画面上に次々にエラー・メッセージがあらわれる。一方、探知機はなにもとらえていなかった。《バジス》周辺にほかの宇宙船は存在しない。

「フィールド・バリアを張ったほうがいいのでは」ジャヴィアがいう。

「しばらく待て」と、ローダン。

ゲルヌクにしてやられた。指示どおり撤退はしたものの、周囲にこんなエネルギー・

フィールドを設置しておいたのだ。刺激を受けると、乾いたスポンジが水を吸いこむように、エネルギーを吸いとっていく。ローダンは敵の戦略に感嘆するばかりだった。こんな吸引フィールドがどれだけ設置されているか、どれほどの吸収能力があるのか、《バジス》がそのひとつに捕まる可能性がどれくらいあったのか、だれにもわからない。作戦開始当初に考えた〝最悪の偶然〟がテラナーに降りかかっていた。

赤く点滅する無数のランプのあいだで、セルフィル＝ファタロ装置の発射準備完了を告げるグリーンのランプが点灯した。標的は定まっている。ローダンは発射ボタンを押した。

「すぐに対抗処置をとらないと、ここから脱出できなくなります」いつもはなにごとにも動じないジャヴィアが、ややおちつきを失っている。

探知スクリーンに閃光が走り、弾体が標的内で爆発して、最後から二番めの物質塊が宇宙の境界の彼方に消滅した。ローダンはこぶしで操縦装置のボタンをたたき、操船をオートパイロットにまかせた。《バジス》を吸引フィールドの影響から守るにはどうすればいいか、コンピュータが知っているはず。

ちらつくHÜバリアが大全周スクリーンにあらわれた。吸引フィールドとバリアが強く干渉する部分には、色とりどりの光の筋が踊っている。

「出力低下がとまりません」と、ジャヴィア。「グラヴィトラフ貯蔵庫はほとんど空です。ペリー、かなりまずいと……」

ローダンはオートパイロットに指示して《バジス》をスタートさせた……どこでもいいから、このいまいましい吸引フィールド以外の場所に向かって。突然、ひろい司令室に聞き慣れない声が響いた。ローダンが顔をあげると、長身瘦軀《そうく》の鳥型生物が一スクリーンからかれを見おろしていた。顔をはっきりおぼえていたわけではないが、宇宙服の記章からゲルヌクだと見当をつける。

「われわれをあざむいたな、テラナー」スピーカーから完璧なインターコスモが流れる。ゲルヌクは時間をむだにせず、マシンに敵の言語を学習させたようだ。「われわれのじゃまはしたくないといったとき、あなたはすでに両者の任務が矛盾すると知っていた。わたしを退避させ、時間を稼いだのだ。だが、そうそう思いどおりにはならない。あなたはわれわれの罠に落ちた。うまく捕獲できるとはあまり期待していなかったのだが、運命がわれわれに味方し、そちらを罠に導いたらしい。生きて故郷を見られるとは思わないことだ」

ローダンは映像から目をはなさずに、片手でジャヴィアに合図した。〝キルリアンの手〟を持つ男は理解したようだ。

「ゆっくり前進します」かれは急いで、おさえた声でいった。「すべての燃料をいっきに消費し、最大出力の百八十パーセントを出せば、なんとかなるはずです」

ローダンはうなずいた。ジャヴィアはこんども了解し、オートパイロットに指示を出した。一時的に限界をこえた出力を許可する……必要ならファクター2まで。

「そのとおり、きみをあざむいたのだ、ゲルヌク」ローダンが答える。「きみたちが自転する虚無と呼んでいるものの封印が解かれた場合に生命の危険にさらされる、あらゆる生命体のことを考えているから。だが、きみをあざむいたのはわたしだけではない。きみの意識のなかにあって行動を決定している幻影は、悪意ある存在に押しつけられたものだ。きみが自分の意志で行動できていたら、こんなところにはこなかったろう。信じられないか？　きみたちが背教者と呼んでいる者たちに訊いてみるといい。心理的強制を振りはらった者たちで、かれらの精神は自由だ。

手出しはできないぞ、ゲルヌク。われわれの任務は当面、完了した。これで撤退する。だが、またもどってくるつもりだ。できればそのときはきみの目を開かせて、どれほど破滅的な影響下にあるか、わからせてやれるといいのだが……」

異生物のまぶたのない目に怒りの色が浮かんだ。

「逃がすものか！　その船は本来の出力の三分の一しか出ていない。わたしが遠くにいると思っているのだろうが、そうではない！」

探知スクリーン上に、一群の明るい光点が魔法のように出現した。警報装置があらたに甲高い音を鳴り響かせる。ゲルヌクはじつにうまくやっていた。それは認めざるをえない。罠から数光時のポジションに、エンジンを切った艦隊を待機させていたのだ。それがいま、エンジンを作動させ、吸引フィールドの影響で身動きできない《バジス》に向かって大加速で殺到してきている。

「闇の悪魔に報告だ」ゲルヌクは勝ち誇って叫んだ。「門を開いて待っているだろう。地獄に落ちろ、テラナー！」

敵の砲撃がはじまると、HÜバリアは燃えあがる炎の壁となった。巨大船の奥で負荷のかかった装置が咆哮する。ゲルヌクが通信を切り、画面が消えた。

「くそ、速度が出ない」ジャヴィアが腹だたしげにうめく。

ローダンは制御卓の前で無言だった。まだひとつ、ゲルジョクを無力化できる武器がある。使うべきか？　かれにはこの船と乗員たちだけでなく、コスモクラートから託された任務を遂行する責任もあった。道を誤ったポルレイターによって失われた、銀河系の安全を回復する責任も。《バジス》でなんとしてもテラに帰還し、コスモクラートのリングを使って脅威をとりのぞかなくてはならない。セルフィル＝ファタロ装置を、ゲルジョクに対しても使用するしかないだろう……が、その前に、ほかに方法がないことを確認したかった。

視線を計器盤に向ける。《バジス》のエンジンは通常の最大出力の二倍で酷使されていたが、八十キロメートル毎秒毎秒というわずかな加速度しか出ていない。

「ハミラー」ローダンが声をかける。

「お呼びですか、サー？」謎めいた装置が答える。噂では、天才科学者ペイン・ハミラーの脳がなかに入っているともいわれる。

「速度が遅すぎる。エンジンが壊れない範囲で、どこまで出力をあげられる？」

「長い説明をお望みですか、サー？　それとも、直接わたしが制御しますか？」

ローダンは驚いたが、それはほんの一瞬だった。

「やってくれ」

HÜバリアが燃えあがった。敵は《バジス》に仮借ない集中砲火を浴びせている。警報音が鳴りやみ、制御ランプが暗くなった。計器盤だけはまだ生きていて、エンジンが設計限界をこえて酷使されていることをしめしている。ハミラー・チューブがローダンの意志を読みとり、おだやかな声で告げた。

「心配ありません。船はアフィリカーの設計ですから。かれらは感情を持ちませんが、それだけに慎重でした。設計時の安全率は、現代の宇宙船建造時の四倍に設定されています」

数キロメートルはなれた機関室から響いてくる轟音《ごうおん》が、地獄のような咆哮にまで高まる。《バジス》の外殻は振動する鐘と化していた。その振動はあらゆる装置に波及し、空気にまで伝わった。画面上に大量の被害報告が表示される。過負荷におちいったマシンが停止し、HÜバリアの光が脈動しはじめた。バリアの強度が揺らいでいる。

だが、《バジス》は速度をあげはじめた！　ハミラー・チューブが発生させた重力衝撃波を受けた敵艦隊のあいだに、一瞬、混乱が生じる。集中砲火のエネルギー・ビームがそれ、酷使されたジェネレーターが回復する余裕ができた。

「メタグラヴ・ヴォーテックス」ハミラー・チューブのおだやかな声が告げる。

ローダンは速度計を凝視した。《バジス》は光速の三分の一で移動している。ハイパー空間への遷移には莫大なエネルギーが必要だ。ハイパーカムの画面が明るくなり、ゲルヌクの姿があらわれた。

「これで終わりだ。死ね、裏切り者！」と、勝ち誇って叫ぶ。

うつろな反響音が聞こえ、二十数個の警報がいっせいに鳴りだして……

突然、あたりがしずまりかえった。ローダンが顔をあげる。非現実的なしずけさだ。

司令室の薄暗い明かりが明滅し、いったん消えて再点灯し、さらに明るさを増す。ローダンは視線を横に動かし、ジャヴィアと目を合わせた。その額には汗が浮かんでいる。

船長は探知スクリーンを指さし、そのあと大全周スクリーンをさししめした。どちらも空白だ。大全周スクリーンにはグリゴロフ層ののっぺりしたグレイが一面にひろがっていた。《バジス》がハイパー空間を航行しているということ。

「うまくいったようだな」ローダンはかすれた声でそういい、機械的な動作で、両方のてのひらの汗をズボンの太股《ふともも》で拭《ぬぐ》った。

6

「ポルレイターは第八軌道に達しました」レジナルド・ブルが部屋に入ってくると、ジュリアン・ティフラーが通信装置から顔もあげずにいった。

「コンタクトの試みは成果がなかったようだな」ペリー・ローダンの長年の戦友がつぶやく。

首席テラナーはうなずいた。

「まったく成果なしです。特殊艇を派遣して近くからオーラを観察させたのですが、ポルレイターたち、一種のトランス状態にあるらしい。身動きひとつしていません。こちらの信号がオーラ内にとどいていたとしても、聞いてはいないでしょう」

「身動きひとつしないにしては、被害が大きいな」ブルが辛辣にいう。

「被害？」

「あのオーラは電磁波スペクトルの十数カ所に放射のピークがあるのだ。その一部が静止軌道上の人工衛星に影響をあたえている。バンダ海には予定外の大型台風が発生し、ダッカ・コルカタ地域も計画にない悪天候に見舞われている。二カ所の気象管理ステーションが機能を停止し、ほかに通信衛星も被害をこうむっている」

ティフラーが心配そうな表情を見せる。

「それだけじゃない」ブルは笑みをかくして先をつづけた。「これを聞いてみろ」

身を乗りだして、インターカムの九チャンネルを選択。首席テラナーの執務室とハンザ司令部をつなぐ回線だ。

「録音を再生します」ロボット音声がいい、明らかに興奮しきっているらしい男の甲高い声が流れだした。

「〝ポルレイターの弟子〟はここに声明を発する。われらの友であり師、支配者であり主人であるポルレイターが、危機に瀕していることはわかっている。あらゆる個人、組織、企業、とりわけ政府およびその下部機関に対し、ポルレイターをできるかぎり援助することを要請する。われらの師への援助を拒むなら、わが組織はこれを、人類がわれらの敬愛する友の存在価値を認めていないものと解釈するしかない。そうなればもはや、ポルレイター革命を開始し、既存の権力構造を押しのけ、〝ポルレイターの意見にもとづく自由帝国〟を築くしか……」

ブルが一時停止ボタンを押し、声がとまった。ティフラーはとまどったようにかれを見て、

「この男、頭がおかしい」

ブルはなんともいえない顔をした。

「だが、理解できなくもないな。カルデク・オーラの影響で地球の磁場がおかしくなっている。ヴァン・アレン帯が両方とも外側に押しやられ、赤道地方に一種のへこみができているのだ。昨夜はキンシャサでオーロラが観測された！　そこらじゅうでなんらかの異常気象が起きていることは、だれもが気づいている。住居やオフィスで起きる事故の件数も激増中だ。要するに、大混乱が起きている」

首席テラナーはじっと前を見つめた。

「それでもたりないなら、これを聞いてみるんだな」ブルは九チャンネルの一時停止を解除した。

数秒だけ無音状態がつづいたあと、男の深い声が流れてきた。その表現の的確さから、マイクの前で話し慣れているのがわかる。

「みなさん、わたしのことを知っているね。いつもわたしに笑わされているだろう。だが、信じてもらいたい。今回ばかりは、冗談をいうつもりはない。真剣そのものだ。打ち明けなくてはならないことがある。わたしはポルレイターなのだ……」

ティフラーはさっと手を伸ばし、インターカムのスイッチを切った。信じられない、という表情でブルを見る。

「この声なら知っていますよ！」

「もちろんそうだろう。声の主は……」

「ヘクター・ボルグです。コメディアンの！」と、首席テラナー。

ブルはむっつりとうなずいた。

「どれほど悪い状況か、これでわかったはず。ヘクター・ボルグが自分をポルレイターだといいだしたなら、オーヴンの予熱は充分だ」

＊

カタストロフィにまでいたることはなかったが、つづく二十四時間で衝撃的なニュースの入ってくる頻度はさらにあがった。気象制御は困難になり、とりわけ熱帯および亜熱帯地方は、この千五百年間なかったはげしい嵐に見舞われた。放送ネットワークは混乱し、ラダカムは誤接続が相《あ》いついだ。それらはまだしも耐えられたが、事態はさらに悪化した。着陸態勢に入った宇宙船が誤った誘導信号を受信し、最後の瞬間に緊急回路が作動したものの、あやうく西太平洋に墜落しそうになったのだ。

ティフラーはポルレイターのカルデク・オーラが引きおこす危険を排除するため、根本的な対策をとるべき時期だと判断した。

〝スタック奨励サークル〟と称する団体も名乗りをあげていた。ウェイデンバーンという謎めいた人物に関係する組織で、平和を唱え、人類は次の段階に進化しようとしている、いまは耐えなくてはならないと主張して、あらたなスローガンを一夜のうちに建物の壁に貼っていくのだ。

ポルレイターの次にはなにがくる?

――ウェイデンバーンの言葉

宇宙はわれわれを待っている

――ウェイデンバーンの言葉

スタック奨励サークルは当局にとって、首席テラナーまでふくめても、まったくの謎だった。なにが目的なのかわからない。調査は進めているが、平和を主張し、不思議なスローガンを記したポスターを壁に貼るだけなので、優先順位は低かった。レジナルド・ブルがくだけた調子で〝無害な変人〟に分類した、そんな者たちを追跡するより、もっと重要なことはいくらでもあった。

とくに深刻なのは、自分たちをポルレイターの弟子、あるいはポルレイターそのものと考える者たちだった。その数は着実に増加していた。とくに〝ポルレイターの意見にもとづく自由帝国〟の創設をもとめる組織は、驚くほど人気があった。ポルレイター革命という脅しも、最初は憫笑《びんしょう》されたものの、やがて真剣に対処しなくてはならないものになっていった。とくに憂慮すべきなのは、宇宙船の乗員のなかにもポルレイターを自称する者が出てきた点だ。〝ポルレイターに味方する〟と称して叛乱を起こそうとした乗員を下船させるため、地上からスタートした直後に引き返さなくてはならなかった船長も、ひとりやふたりではない。

ブルのいう〝なりきりポルレイター〟は、自分たちが手本とする者の使う言葉を駆使した。その要求は、ラフサテル＝コロ＝ソスがつい最近までいっていたことに洗脳されているかのようだった。〝すべての権力を宇宙の守護者に！〟とか、〝セト＝アポフィス対策は戦いしかない！〟とか。最近のスローガンは、〝最後のポルレイターが死ぬとき、星々は消え去る〟だ。

それを見たブリーは、ぼそりとこういったもの。

「やれやれ、ポルレイターよりもポルレイターらしいな」

ティフラーは最後の懸命の努力で、さしせまった危機のほんとうの原因を探りだそうとした。カルデク・オーラ内部のようすを記録したのと同じ特殊艇にフェルマー・ロイドとグッキーを乗せ、二百二十キロメートル上方から、両ミュータントに異生命体の意識内容を探らせたのだ。以前に同じことを試みたときは失敗している。首席テラナーは、こんどこそ多少の成果があがるのではないか、と、わずかな期待をいだいていた。どんなことでもためしてみるしかない状況なのだ。かれは緊張して両ミュータントの帰還を待ち受けた。四十分前、これから帰途につくと連絡があったから。

ネズミ＝ビーバーがフェルマー・ロイドの手を握って執務室にテレポーテーションするのではないかと期待したが、実際には規則どおり、二名は戸口にあらわれただけだった。それを見て、グッキーがいつものようにはしゃいでいない理由はすぐにわかった。どちらも疲れきっていたのだ。よほど能力を酷使したらしい。グッキーはぐったりとシートによじ登り、ロイドはその横のべつのシートに、まるで最後の力を振りしぼるように倒れこんだ。うめくような声で報告する。

「これまでと同じく、成果はなにもありません」

「あいつらがどれだけ重要なことを考えてるのか、知りたいもんだね」グッキーが疲れた声でいう。「あんなに必死になってかくすなんてさ」

「なにも？　まったく成果はないのか？」ティフラーは声に失望がにじまないよう、精いっぱい自制した。

「ある種の印象があるだけです」と、ロイド。「遠い感情の反射のようなものですね。かれらは悲嘆し、絶望しています。道を誤ったと嘆き……」

「同感だな」ティフラーがそっけなく口をはさむ。

「ほかにも、失敗だったと感じているようです」と、ロイド。

「完全な失敗だったってね」グッキーも同意する。「倫理観があるんだよ、わかる？　いままでに出くわしたなかで、いちばんひどい倫理観がね」

「だから、あんなふうに飛んでいって、テラナーの日常を脅かしているのか？」ティフラーが憤然とたずねる。

「どんな決断だ？」

「なにか決定的な決断をくだそうとしているのを感じました」と、ロイド。

「わかりません」

しばらく沈黙がつづいたあと、グッキーがふたたび口を開いた。

「似たような感情なら、何度か見聞きしたことがあるな」と、真剣な顔でいう。「自分のことを、必要とされてない、役たたず、じゃま者、場違いって感じてる生命体の意識があんな感じになるんだ」

ティフラーはそのなかのひと言を聞きとがめた。

「場違い？　それなら、どこかべつの場所に行ってくれれば……テラ全体がよろこぶだろう」

ネズミ＝ビーバーは人類から学んだしぐさで首を左右に振った。

「いんや、あいつらは違うことを考えてるんだと思う」

「どんなことを?」

「さっきいっただろ。倫理観にしたがって、自分たちがどうしてもしたいことをするつもりなのさ」

「それはつまり……」

グッキーはうなずいた。

「そゆこと。ポルレイターは集団自殺しようとしてるんだ」

7

ペリー・ローダンは予定していた最後の制動物質集中の排除をあきらめた。それでも《バジス》があたえた損害はかなりのもので、フロストルービンを現在のポジションに固定している封印を解くことは、今後一ヵ月は不可能になったはず。巨大船はテラへの帰途についた。ただ、最初のハイパー空間航行では、わずか五千光年を跳躍しただけだった。

セト＝アポフィスの補助種族の疑念の目と探知機から遠くはなれたところで、直径二百メートルのスター級球型艦、《プレジデント》がスタート。艦長は《ソル》最後のハイ・シデリト、タンワルツェンである。《プレジデント》は乗員五百五十名、その任務はフロストルービンの前庭の状況を観察し、不穏な動きがあればテラに報告することだった。

イホ・トロトはタンワルツェンの相談役として同乗することをもとめられ、快諾した。かれは宇宙の瓦礫フィールドの内部をその目で見て知っている。その助言があれば、

《プレジデント》は危険な領域に入りこんだり、瓦礫フィールドのあちこちに存在する敵の基地に遭遇したりするのを回避できるだろう。テドル・コスマスが《ナルドゥ》で構築した探知・通信ネットワークはそのままなので、任務の負担はさらに軽減される。ハルト人にとって、ローダンに別れを告げるのはつらかった。数カ月にわたって宇宙をさまよったすえ、ようやく故郷銀河の懐かしい世界にもどれることになったと思ったのだ。だが、自分がフロストルービン近傍にいることが、テラナーにとってきわめて重要なことはわかっている。かれはその必要性を優先した。

《バジス》の帰郷は骨の折れるものだった。《プレジデント》がフロストルービン近傍での驚くべき出来ごとをテラに伝えるためには、途中にハイパー通信中継装置の設置が必要になる。三千万光年という距離をこえて信号をとどけなくてはならないのだ。最初の中継装置は《プレジデント》が《バジス》からスタートしたポジションに設置された。かつてオヴァロンから提供されたダッカルカムはもうない……すべて破壊されたか、失われてしまった。同じような装置を製造することは、まだできていなかった。

ローダンは不安といらだちを感じた。早くテラにもどりたい。ポルレイター問題を解決しなくてはならないし、コスモクラートのリングがレトス＝テラクドシャンのいうとおりの効果を発揮するかどうか、確認する必要もあった。のろのろと過ぎていく日々、ゲシールとはめったに会わなかった。かれの気分はロマンティックとはほど遠く、謎の女はそれを感じとったようだった。

結局、長期にわたる航行中に起きたふたつの出来ごとが、一時的にだが、かれにいらだちを忘れさせることになった。

＊

「レトスの案ですが、わたしも協力しています」ジェン・サリクがいった。

「話を聞こう」ローダンは片手を振って、ふたりにすわるようながした。「アンドロメダ座S星が超新星ではなく、フロストルービンの影響で起きた大爆発だったことはわかった。それが判明したのは、アンドロメダ座S星の放射特性が、ハトル人の観測していた回転する矮小銀河の爆発時の特性と同じだったからだ。きみたちふたりは過去二千数十年のあいだに観測された超新星爆発の記録を調べ、ほかにもフロストルービンの影響で生じたものがないか、探していたのだったな？」

サリクのやや赤らんだ丸顔に、親しげな、からかうような笑みが浮かんだ。

「よくわかっているようですな、チーフ。ただ、調査したのはわれわれではなく、コンピュータですが」

「結果はどうだった？」

「テラの天文記録のなかにさらにふたつ、超新星として記録された、フロストルービンに起因する爆発が見つかりました。どちらもケンタウルス座方向、NGC5253銀河で起きています。ひとつは旧暦一八九五年に観測された変光星で、ケンタウルス座Z星と命名されました。もうひとつは一九七二年のSN1972eです」

「ケンタウルス座か」と、ローダン。「NGC5253……銀河系から千五百万光年くらいだな。フロストルービンは蛮族のようにあちこちを荒らしまわってきたらしい」

「計画的なのか、偶然なのか？」レトス＝テラクドシャンが疑問を口にした。「それを明らかにしなくては。われわれ、フロストルービンは超越知性体セト＝アポフィスの道具だと考えてきた。しかし、ずっと前からそうだったのだろうか？　そうではなかったとすると、いつから道具になったのか？　さらに、第二の疑問は……なぜ道具になったのか？」

「当然の疑問です」と、サリク。「どれほどのカタストロフィだったかを考えれば、疑問はますます大きくなります。たとえば、このSN1972eですが、超新星と考えられたときの明るさは七・五等級でした。NGC5253銀河自体の等級は一〇・九等級です。つまり、光度が最大になったとき、本来の銀河そのものの十倍近く明るかったことになります！　ソル型恒星にして百三十億個ですよ。息をのむほどの明るさです。もっと調べていけば、実際にはフロストルービンが起こした爆発だったという超新星がもっと見つかると思います。そんな爆発が生命体の居住惑星の近くで起きたらと思うと、からだが震えますね」

＊

それが最初の驚きだった。

フロストルービンは銀河規模のカタストロフィの原因だったわけだ……自然現象であれ、セト＝アポフィスが自分の目的のために悪用しているのであれ。いずれにせよ、ポルレイターがこの危険な代物を封印したのは無理もなかった。

ふたつめの驚きはもっとずっと劇的だ。

ローダンに報告したのはテドル・コスマスだった。入ってきたかれの顔には、いわくいいがたい表情が浮かんでいた。勝ち誇ると同時に、信じられない驚きに打たれているかのようだ。

「道で金色の尻尾が生えた黒猫に出会ったような顔だな」ローダンが感想を述べる。

「まさにそれですよ」と、コスマス。「気つけに一杯やれるといいんですが」

「腰をおろせ。気つけの一杯はすぐにくる」

サーボ・マシンがちいさなグラスに注《つ》いだ惑星フェロル産のブランデーを運んできた。

コスマスはそれをひと息に飲みほし、

「ああ、ましになりました。人はときたま、白昼に幽霊を見たような気になることがあ

ります ね」

「どういうことだ?」ローダンがたずねる。

「〝石の使者〟ですよ」

問うようなローダンの視線を受けて、コスマスは自分の説明が不充分なことに気づいた。

「ヴァニア・レトックがそう呼んでいるんです。最初の飛行のときに《ナルドゥ》で持ち帰った岩塊ですよ。ロボットが艦内に運び入れて、ヴァニアとわたしで間近から検分しました。どうも妙な感じがして……まるで岩塊がなにかを伝えてきているような。ヴァニアが〝石の使者〟と名づけたんですが、どうしてそう呼ぶんだとたずねると、自然と頭に浮かんだというんです」

「なるほど。それで、その岩塊がどうした?」

コスマスは曖昧な身振りを見せた。

「もうすこし調べてみないと。M-82銀河が強い放射源だということはご存じですか?」

「もちろんだ」と、ローダン。

「その放射は分析もされていて、ある特徴のあるハイパーエネルギー放射がふくまれることがわかっています。たとえば、特定のインパルスが規則的にくりかえし出現するといったことです」

ローダンはうなずいた。

「それなら知っている。セト＝アポフィスの力の集合体の位置と範囲を知って以来、M－82銀河と関わる理由がいろいろあったから」

聡明なテドル・コスマスは、そのほのめかしで悟るものがあったらしく、すぐに本題に入った。

「石の使者にも同じインパルス・パターンが見られます」

ローダンは大きく身を乗りだした。

「どんな？」

「最初に発見したのは微弱な放射でした」コスマスが説明する。「電磁波の放射があれば、ハイパーエネルギーの背景放射を調べるのは標準の手続きです。測定を試みましたが、最初に使った装置は感度が低すぎました。〝なにかがある〟ことしかわからなかったんです。そこで特殊装置を使い、インパルスのパターンを記録しました。きわめて微弱で、測定限界ぎりぎりの強度でしたが、明らかに同じパターンがくりかえされていました。結果は疑いようがありません。測定データをコンピュータに分析させると、その結果は驚くべきものでした」

ローダンはすぐにはなにもいわなかった。コスマスの言葉で、意識のなかにさまざまな考えが生起する。一分近くして、かれはようやくこうたずねた。

「われわれの印象では、あの岩塊はかつての矮小銀河の物質が凝固したものでも、制動物質でもない。測定されたインパルス・パターンから、コンピュータが岩塊の出どころについてなにか示唆したのか？」

コスマスはうなずきながら唾《つば》をのみこんだ。

「コンピュータによれば、岩塊はM-82からきたとしか考えられないそうです」

＊

議論は白熱したが、出てくる仮説は荒唐無稽なものばかりだった。一軒の家ほどもある巨大な岩塊がどうやってM-82からフロストルービンまでの厖大《ぼうだい》な距離をこえられたのか、どの仮説も説明をつけられない。

フロストルービンはセト＝アポフィスの道具だ。そこにつながりはあるのだが、だれもそれを明確にできなかった。フロストルービンの前庭に岩塊が存在したことが、これまでわかっていなかった関連性を明らかにする重要なヒントなのはまちがいない。ただ、その情報を理解するための知識が欠けている。

「ひとつ思いだしたことがあります」ジェン・サリクがいった。「イホ・トロトの報告のなかに〝印章オーラ〟の話がありました。セト＝アポフィスが自分の力の集合体に属する惑星や物体、あるいは自分に仕える生命体に押捺《おうなつ》する一種の認証コードで、そこが安全地帯であることを工作員に知らせる役目がある、と。M－82銀河や問題の岩塊からくる特徴的なインパルスが、その印章オーラだということはないでしょうか？」

「そうだとして、われわれの役にたつだろうか？」レトス＝テラクドシャンが率直にたずねる。

「印章オーラについては、イホ・トロトも直接知っていたわけではないだろう」と、ローダン。「ひょっとすると、ブルーク・トーセンがハルト人に話したのかもしれない。いずれにせよ、情報が曖昧すぎて、われわれが考えてもむだだ」

議論はさらにつづいた。明らかに関係があるのに、だれもそれを明確に指摘できないという状況は、知的苦痛を生じさせた。

インターカムが音をたて、はげしい議論が中断したとき、ローダンは安堵さえおぼえた。画面上に親しげな笑みを浮かべたウェイロン・ジャヴィアの顔があらわれる。

「一刻も早く朗報を伝えたかったものですから。最後の中継装置を設置しました。のこりは銀河系内の星間通信ネットワークで対応できます。あと二時間もすれば故郷ですよ！」

＊

「こちらポルレイト司令部」知らない声がいった。「そちらのことは認識している、《バジス》。ただちにコースを変更するよう要求する。ヴェガ星系に向かえ。太陽系にはなにがあっても近づいてはならない」

ジャヴィアの横で司令コンソールの前にすわっていたローダンは、とまどった顔になった。

「ポルレイト司令部？」と、相手の言葉をくりかえす。

マイクロフォンのエネルギー・リングがかれのほうに漂ってきた。

「なんのことだ……ポルレイト司令部とは？　きみは何者で、われわれに指示を出せとだれにいわれた？」

「わたしはオマリー＝ジャック＝コントロールだ。任務は……」

はげしい雑音が通信を妨害した。がりがりいう音がやっと消えると、こんどは女の声が聞こえてきた。

「ポルレイター統治権の名において、停止しなさい、《バジス》！　くじら座タウ星近傍で、われわれの部隊の到着を待つように」

ローダンは思わず口もとをぴくりとさせた。

「そちらはだれだ？」

「わたしはメリウェザー＝ナディン＝ディフェンス。委任されて……」

ローダンは通信を切り、ウェイロン・ジャヴィアに向きなおった。

「きみがなにもいわなくても、どうやらわかったぞ」

「一時間前からずっとこの調子でして」と、ジャヴィア。「次から次に通信が入るんです。ポルレイターは二千九名しかいないはずですが、通信状況から見ると、いきなり数が増えたようです」

ローダンはにやにやしながら首を左右に振った。

「ポルレイターになりきっているのだな……あるいは、その委任を受けた者に」計器に目をやる。「テラまで十八光年か。ハンザ司令部を呼びだせ。どうして、でぶがみずから連絡してこないのだろうな。まさか宇宙ハンザが、われわれの接近に気づいていないということはないだろう？」

その言葉がまだ終わらないうちに、ジャヴィアは指を動かしていた。通信コンソールのキイボードを的確に操作する。数秒後にはスクリーンが明るくなり、レジナルド・ブルのそばかす顔があらわれた。その顔には驚きの表情があった。

「ペリー！　こんなに早いとは思いませんでした」

「なぜだ？　ハンザの監視網は機能していないのか？」

ブルは二千年以上前と同じ、ブラシみたいな髪型をしていた。まるで髪が逆立っているかのようだ。

「この司令部のどこかには、《バジス》のポジションを正確に把握している人間が何人かいるでしょう。ただ、その情報を受けとれないいんですよ。ジュリアン・ティフラーと専門家たちとずっと会議をつづけて、頭を悩ませてましてね……」

ローダンはちいさく手を振って相手の言葉をさえぎった。

「なにがあった、ブリー？　ポルレイターを名乗る者たちからの通信がしきりに入っている。全世界がどうかしてしまったかのようだ。なにがどうなっている？」

ブルはまじめな顔でうなずいた。

「ま、聞いてください」そういって、《バジス》がスタートしてからの二週間の出来ごとを手みじかに報告。

「ポルレイターがオーラをまとったまま、地球周回軌道に乗っただと？」

「高度二百二十キロメートルです。意識はないようで……ティフはトランス状態だといってますが……それでも大きな損害をあたえています」そういうと、左右のてのひらを合わせる。「いっておきますが、ペリー……あといくつかカタストロフィが起きるか、あと数時間がこのまま経過したら、力ずくでオーラを吹っ飛ばすしかありませんぜ」

「その必要はない」ローダンがきびしい口調で応じる。「それまでには、わたしがもどっているから」

ブルは懐疑的な目でかれを見た。

「コスモクラートのリングを持ってきたんですかい?」と、声をおさえてたずねる。

「そうだ」

内心の安堵を反映したように、ブルの顔をちらりと笑みがよぎった。

「ありがたい」と、熱をこめていう。「われわれを救えるのはそのリングだけです……テングリ・レトスのいってたことがほんとうなら、ですが」

ローダンは顔を横に向けた。

「ウェイロン、テラにコースをとれ。全速前進!」

バジスは天王星軌道に物質化し、光速の八十五パーセントで地球に向かった。ハイパーカムが使えるのは自由テラナー連盟司令本部と、ハンザ司令部につながる回線だけだった。自分をポルレイターだと思いこんでいる者たちからひっきりなしに通信が入り、たがいに矛盾した指示を《バジス》に出してくるので、ローダンが限界に達したのだ。

探知スクリーンを見ると、ブルの言葉が大げさではないとわかった。宇宙船をしめす数十の光点が、進入・帰還軌道上にひしめいている。にせの管制信号を受信したか、信号がまったく受信できていないのだ。太陽系はカオス状態だった。ブルのいうとおり、重大なカタストロフィが起きるのは時間の問題だろう。

光学スクリーン上でも、太陽の光にまぎれていた地球の姿が見えるようになった。ちいさな点だったものがたちまち大きくなり、《バジス》の減速とともに、海の青と雲の白にグリーンと褐色がまじった球体になる。それはもう二千年以上ものあいだ、ホームシックになった宙航士に、旅が終わり、家に帰ってきたことを告げてきた。

だが、《バジス》の船内では乗員たちの心のなかによろこびや安堵を見いだすのはむずかしかった。地球は危機に瀕している。ハイパー通信と通常通信の性急なやりとりがそれを証明していた。巨大船が高度八千キロメートルで停止軌道に乗ると、ハンザ司令部から最後の悪い知らせがとどいた。

「ポルレイターの集合オーラが軌道をはなれ、地表に向かいはじめました。予想目的地はテラニアです」

あとがきにかえて

嶋田洋一

長野県で毎年開かれているローカル・リフレッシュ・コンベンション、略称ロリコンにお招きいただき、参加してきた。

はじめて名前を耳にしたのは三十年以上前になるが、「こういう奇をてらった名称にすると、だいたい長続きしないんだよな」などと思ったのを覚えている。幸いにもこの予想は大はずれで、途切れることなく今も続いているのだから、不明を恥じるしかない。参加するのは今回がはじめてである。

当日は少し早めに松本駅に着き、まず日本浮世絵博物館を見学した。花見や桜を題材にした浮世絵が展示されていて、残念ながらやや時期はずれだったが、見応えのある内容だった。季節に合わせて展示物を入れ替えているようなので、別の季節にも行ってみたいところ。

コンベンションの会場はスキー場に近い旅館で、本来スノー・シーズン以外は閉めているそうだ。当然ほかに宿泊客はおらず、完全に貸し切り状態で使うことができる。

参加人数は五十名程度、今年はやや多いということだったが、アットホームな雰囲気の、居心地のいいコンベンションだった。地ビールやお酒を楽しんで、麻雀では大敗したものの、いい気分で眠りに就いた。

翌日はロープウェイとリフトで八方尾根の上まで行き、雄大な景色を堪能した。雪がけっこう残っていて、上のほうはまだ冬だが、下りてくると徐々に春になり、ついには初夏に移行するようだった。信州の初夏は本当に気持ちがよくて、堀辰雄の作品など思い出してしまうのは、つい先ごろ、新刊なった短篇集（堀辰雄初期ファンタジー傑作集『羽ばたき』彩流社刊）を読んだせいかもしれない。

昼食は一部の参加者の方たちといっしょに、神社の境内にある蕎麦屋に入った。六人で十三人前の蕎麦を平らげる健啖ぶりには驚嘆するばかり。わたしはせいぜい一・五人前くらいしか食べていないと思うのだが。

そのあとは旧制高校記念館や大王わさび園を見学し、充実した週末を過ごすことができた。わさびソフトクリームも楽しめたし。実行委員長の徳山さん、案内をしてくれた長保さんはじめ、スタッフのみなさん、参加者のみなさんに、お心遣いを感謝したい。

都合が合えばぜひまた参加したいコンベンションだった。

訳者略歴　1956年生，1979年静岡大学人文学部卒，英米文学翻訳家　訳書『真紅の戦場』アラン，『ソラナー狩り』ホフマン＆フォルツ，『カルデクの盾作戦』シェール＆マール（以上早川書房刊）他多数

HM=Hayakawa Mystery
SF=Science Fiction
JA=Japanese Author
NV=Novel
NF=Nonfiction
FT=Fantasy

宇宙英雄ローダン・シリーズ〈549〉

石《いし》の使者《ししゃ》

〈SF2133〉

二〇一七年七月 二十 日　印刷
二〇一七年七月二十五日　発行

著　者　H・G・フランシス
　　　　クルト・マール
訳　者　嶋《しま》田《だ》洋《よう》一《いち》
発行者　早川　浩
発行所　株式会社 早川書房
郵便番号　一〇一 - 〇〇四六
東京都千代田区神田多町二ノ二
電話　〇三 - 三二五二 - 三一一一（大代表）
振替　〇〇一六〇 - 三 - 四七七九九
http://www.hayakawa-online.co.jp

（定価はカバーに表示してあります）

乱丁・落丁本は小社制作部宛お送り下さい。
送料小社負担にてお取りかえいたします。

印刷・信毎書籍印刷株式会社　製本・株式会社川島製本所
Printed and bound in Japan
ISBN978-4-15-012133-4 C0197